당신이 참 좋습니다

당신의 글도 참 좋을 거예요.

님께

드림

엄마인 당신이
작가가 되면
좋겠습니다
아들 셋, 엄마작가
백 미 정 지음
dcb
대경북스

엄마인 당신이 작가가 되면 좋겠습니다

초판인쇄 2020년 5월 11일
초판발행 2020년 5월 15일
발 행 인 민유정
발 행 처 대경북스
ISBN 978-89-5676-819-9

이 도서의 국립중앙도서관 출판예정도서목록(CIP)은 서지정보유통지원시스템 홈페이지(http://seoji.nl.go.kr)와 국가자료종합목록 구축시스템(http://kolis-net.nl.go.kr)에서 이용하실 수 있습니다. (CIP제어번호 : CIP2020018756)

등록번호 제 1-1003호
서울시 강동구 천중로42길 45(길동 379-15) 2F
전화: (02)485-1988, 485-2586~87 · 팩스: (02)485-1488
e-mail: dkbooks@chol.com · http://www.dkbooks.co.kr

들어가는 글

김치 냄새를 글 냄새로 바꾸어 때깔 곱게 늙을 수 있기를

나에게 에세이란, '삶을 즐기면서 견딜 수 있는 방법'이다.

글을 쓰면서 14평 집의 곰팡이를 추억할 수 있었고, 글을 쓰면서 아들 셋을 사람으로 대하는 객관적인 시선을 배울 수 있었고, 글을 쓰면서 돈이라는 물질보다 남편이라는 존재가 기쁨이 될 수 있었다.

삶은 치유 불가능의 영역이다. 우리 모두 이것을 인정하고 고통을 희석시켜 가면서 그러나 행복에 방정 떨지 않는, 나만의 평안함 필살기를 개발해 보면 어떨까.

나에게 좋았던 것은 상대방에게도 소개시켜 주고 싶다. 그래서 나의 평안함 필살기 '글쓰기'를 안내하며 제 2의 인생을 준비하는 대한민국 엄마 작가들을 상상해 본다. '엄마'라는 존재는 수많던, 수많은, 수많을 노고를 무엇으로 보상받을 수 있을까. 아무래도 외부에서 받기는 글렀다. 우리가 할머니가 되더라도 자존심과 성취감, 또는 돈을 지켜나갈 수 있도록 지금부터 준비해야 한다.

1장은 '왜 글을 쓸까?'라는 질문에 나름의 답들을 제시해 놓았다. 크게 세 가지로 분류해 본다면 나, 타인, 사회의 유지 또는 성장을 위해서이다.

기록은 기억을 지배하고, 아픔을 다스려 주어 왜곡된 현실과 감정을 제자리로 찾아주는 '희망'으로 재탄생될 수 있기 때문이다.

2장은 제목은 '무엇을 쓸까?'이다. 엄마인 우리들은 인생을 15권의 책으로 거뜬히 써 낼 만한 스펙터클 최고의 글감을 살아내고 있는 존재다. 우리 삶을 에세이로 풀어쓸 수 있는 글감들을 참고하시기 바란다.

3장은 '글쓰기 기술'들을 수록했다. 책마다 똑같이 주장하고 있는 글쓰기 기술들, 책마다 다르게 주장하고 있는 글쓰기 기술들 외에 목차를 잡기 전 생각해 볼 것, 내 인생 나쁘지 않은 에세이 목차 예시, '좋은 문장'은 무엇인지 등 15건의 출간계약을 하면서 칠전팔기 실전 후 얻게 된, 공부하고 연구한 후 얻게 된 지식과 지혜를 버무려 놓았다.

4장은 '독서'에 관한 이야기다. 글은 살아온 만큼, 읽은 만큼 쓸 수 있다. 나의 편견을 깨트려줄 수 있고 내가 모르는 세상을 간접 경험할 수 있는 가성비 끝판왕은 단연코 '책'이다.

그러나 독서 행위에 멋들어진 의미를 부여하고 싶진 않다. 독서는 '그냥' 하는 것이라고 생각하기 때문이다. 예비 엄마작가들도 편안한 마음으로 책과 친해질 수 있도록 독서에 대한 나의 솔직한 생각들을 밝혔다.

5장은 '글을 쓰면서, 글을 쓰고 난 후 궁금한 것들'에 대한 내용이다. 나의 경험과 글쓰기 책 내용들을 토대로 프롤로그(들어가는 글), 에필로그(마치는 글), 목차를 쓰기에 효율적인 시기를 안내하고 있다. 또한 책에 칼라사진 삽입 여부, 작가와 출판사마다 다르게 판단내리고 있는 인용 글 사용 여부,

되고 시 유념했던 점들, 내가 사용했던 2종류의 출간 기획안 틀, 인세 정보와 출간 형식, 투고 정성들이기에 관해 나누고자 한다.

6장은 '출판사들의 거절에 대한 자세' 부분이다. 수천 번 투고를 하고, 수백 번 거절 답장을 받아본 나이다. 멘탈이 약한 편은 아니지만 이 정도 횟수의 거절을 경험해 보면 몸과 마음이 너덜너덜해진다.

용기란, 두려워하지 않는 마음이 아니라 두려움을 이겨내고 하고자 하는 일을 하는 것이라 했다. 이로써 나는, 용기 있는 자가 되었다. 여러분! 거절, 무서워하지 말고 글쓰기, 도전하세요.

1장부터 5장까지 챕터를 마무리하는 공간마다 '생각이 글이 되는 에세이 수다' 코너를 실었다. 글쓰기 실전 로드맵이라 보면 된다. 부담 0%, 당장 글쓰기 100%에 도전하는 여러분을 기대한다. 6장 마무리 부분에는 글쓰기를 다짐한 여러분에게 보약이 되어 줄, 다른 작가님들이 책에서 어필하고 있는 '글쓰기의 마음 자세(살다 쓰다, 쓰다 살다)'를 옮겨놓았다.

7장은 작가가 되어 좋았던 점들, 작가로서 끝까지 지켜야 할 마음자세, 타인과 함께하는 꿈, 글쓰기로 행복하기 등을 썼다. 작가가 된다고 부자가 되는 건 아니다. 그러나 꿈은 꿀 수 있다. 근거 없는 긍정, 대책 없는 낙관, 현실도피적인 꿈은 이제 버릴 때가 되었다.

내 삶을 즐기면서 견딜 수 있는, 폼 나는 호칭의 소유자 '글 쓰는 엄마작가'가 되어보자. 시큼한 냄새가 나는 음식물 쓰레기, 화장실에 던져놓은 걸레, 사춘기 아이들 마냥 삐뚤빼뚤 쌓여져 있는 설거지 거리를 우아함으로 포장할 수 있는 멋진 정체성, 김치 냄새를 글 냄새로 바꿀 수 있는 '글 쓰는 엄마작가'로 우리 모두 때깔 곱게 늙어보자.

엄마에게 억울하게 혼이 나서 속상했었던 10살 무렵, 내 곁에 있어주었던 글아!
'참 재미있었다'로 일기를 마무리했던 초등학교 시절, 내 곁에 있어주었던 글아!
서태지와 아이들에게 팬레터를 보냈던 중학교 시절, 내 곁에 있어주었던 글아!
왜 사는지 몰라 독서실 의자에 앉아 눈물을 훔쳤던 고등학교 시절, 내 곁에 있어주었던 글아!
지금의 남편이 내 남편이 되기 전, 책 한 권 분량의 연애편지를 썼던 대학교 시절, 내 곁에 있어주었던 글아!
새벽 4시마다 눈이 뜨여져 나도 모르게 너를 쓰고 있던 30대 시절, 내 곁에 있어주었던 글아!
'글 쓰는 엄마작가'가 되어 나와 타인과 세상을 배우게 하는, 지금도 내 곁에 있는 글아!
이제는 너의 그 아름답고 고마운 마음씨를 대한민국 엄마들에게도 보여주렴.
넌 참 좋은 친구야.

2020년 4월

글을, 봄

차 례

Part 2 잘 살기 위한, 잘 쓰기 위한 용기와 함께 : 무엇을 쓸까?

Part 3 사랑을 위한 기술 : 어떻게 쓸까?

Part 4 글쓰기와 그렇고 그런 사이 : 독서

Part 5 마음, 현재 진행형이다 : 글을 쓰면서, 글을 쓰고 난 후 궁금한 것들

Part 1

즐겁게, 조금은 불안하게

: 왜 쓸까?

엄마는 왜 집안일을 할까?

질문 자체가 질문답지 않다는 생각이 드는 건

'당연시'되고 있는 엄마의 역할이 '집안일'이기 때문일 거다.

조금의 타협점을 찾아 다시금 질문을 던져본다면

'엄마는 왜 집안일을 해야 할까?' 정도 되겠다.

그렇다면 다음 질문은 어떠한가.

엄마는 왜 글을 쓰면 안 되는 걸까?

(엄마로서 글을 쓰고 있는 사람보다 글을 쓰고 있지 않은 사람이 더 많기 때문에

'엄마는 왜 글을 쓸까?'라고 질문하지 않았다)

'글쓰기'는 확실한 동기 부여 또는 확실한 취미 생활, 이 두 가지 이유 중 하나가 충족되어야만 실행 가능하다. 취미로 지속적인 글쓰기를 이미 하고 계신 분들은 경지에 오르신 분들이니, 처음 챕터에서는 세월호, 조커와 고흐, 프리드리히, 철학, 신념을 우리 곁에 두고 '왜 글을 쓸까?' 동기 부여에 관한 이야기를 해 보려 한다.
내가 엄마작가이니만큼 엄마들 편에 서서 썼다.
엄마작가가 될 수 있는 길을 즐겁게, 조금은 불안하게 걸어가 보자.
우린 함께다.

삶의 의미를 알고 싶은 순간마다

변화는 있되, 변함은 없기를

"저는 삶이 의미 없는 것이라고 굳게 믿습니다. 결국에는 아무것도, 정말 아무것도 없게 될 테죠. 셰익스피어와 베토벤과 다빈치의 위대한 작품도 모두 사라질 겁니다. 여러분이 생각하는 것만큼 우리가 오래 남아 있지는 않을 거예요. 사실 우주가 사라지기 훨씬 전에 우리 은하계의 태양이 먼저 다 타버릴 테니까요!"

영화감독 우디 앨런의 말이다.

"나는 허무주의자야. 이렇게 살면 뭐 하나 싶고, 어떻게 살아야 될지 모르겠고. 주변에선 자꾸 결혼 계획은 세웠냐 그러는데, 아내가 되는 것도 엄마가 되는 것도 싫어."

내 지인 작가의 말이다.

남녀 불문, 국적 불문하고 삶을 생각해 보는 건 인간의 본능인 듯하다.
사람들이 자신의 삶을 반추해 보는 시점 중 한 구간은
현실 또는 미래가 불안할 때다.
불안함을 내 친구로 삼을 것인가,
평생 적으로 여길 것인가를 판가름해줄 수 있는 도구,
나에겐 '글쓰기'다.
'엄마'로 살고 있는 존재들에게 불안함은
하루에 한 번 내지 세 번 이상 해야 하는
설거지처럼 찾아오거나 쌓여 있다.
나는 잘 살고 있나, 엄마 이름을 빼면 나는 존재하는가,
애들 학원은 어디로 보내야 하나,
학원비를 내고 나면 친정에 보내드릴 용돈은 남게 되는가,
남편을 버려야 되나, 그 놈이 그 놈일 텐데,
여기저기 몸이 자꾸 아픈 걸 보니 죽을 때가 되었나,
나 죽고 나면 남편과 아이들은 어쩌나,
우리 엄마가 꺼이꺼이 울 텐데,
결국 내 인생은 가족들 걱정으로 끝이 나는 건가.
작가라는 호칭이 좋아서, 재미있어서,
나도 모르게 시시때때로 글을 썼지만
씨발씨발 욕지거리가 입 안 가득 퍼졌는데
'도' 음역을 벗어나지 못하고 설거지 소리에 묻힐 때에도 글을 썼다.

글을 썼다고 갑자기 벚꽃이 휘날리게 되거나
이름 모를 사람이 돈 봉투를 쥐어주고 유유히 사라지는
해괴망측하지만 거절할 이유가 없는 기적이 일어나진 않았다.
묻고 또 묻고 욕하고 또 욕하며 글을 썼다.
치우고 또 치워대도 죽을 때까지 반복해야 하는 집안일처럼.

그러나 글쓰기와 집안일은 정리정돈의 힘이 강한 행위였다.
인간이 본능적으로 생각하게 되는,
내 현실과 미래가 불안할 때마다 찾아오는,
평생 찾을 수 없을지도 모를 '삶의 의미'에 대해서도
글쓰기를 하며 집안일을 하며 꾸역꾸역 모아갔다.
굳이 삶의 의미를 알아야 되나 싶다가도
걸레질이 삶의 의미 같을 때도 있고,
글을 쓰며 마음이 정화되는 느낌을 받을 때에는
이 쾌감을 다른 엄마들에게 나누어 주는 것이
삶의 의미가 되었음 좋겠다 싶기도 했다.

변화는 있되, 변함은 없기를 바란다는 글귀가 생각난다.
삶의 의미는 늘 변화될 수 있다.
아니, 변화를 알 수 없는 미개척 지대의 질문으로
영원히 묻힐 수도 있다.

그러나 내 삶이 나를 이끌어 가는 것이 아니라
내가 내 삶을 이끌어갈 수 있는
주체적이고 능동적인 인간이 되었으면 한다.
이러한 자세를 가진 사람이
'변함없는 사람'이라 칭함 받을 수 있을 테고,
변함없는 사람으로 삶의 의미를 찾아 떠나는
여행길에 글쓰기는 손전등이 되어줄 것이다.
우디 앨런과 내 지인 작가가 조금 생각을 바꾸어
시나리오를 쓰고 글을 쓴다면,
아님 조금 더 시나리오를 쓰고
조금 더 글을 쓰면서 생각이 바뀌어 진다면
인생 손전등의 밝기는 빵빵하게 충전될 수 있지 않을까.

삶의 의미를 알고 싶은 순간마다, 엄마들이여!
글을 쓰자.

타인

조커와 고흐를 생각하며

성장, 공감, 위로, 평화와 같은 우아한 단어들을
몸과 마음에 흡수시키려면 어정쩡하고 어수선한 과정을 거쳐야 한다.

영화 〈배트맨〉 시리즈 중,
'선과 악'을 심도 있게 다루었던 한 장면이 기억에 남아 있다.
시간이 꽤나 흘렀는데도 일 년에 한두 번 정도
문득문득 생각나는 구간이다.
악당 '조커'는 두 대의 배에 각기 다른 부류의 사람들을 납치했다.
선량한 시민 대 죄수들이었다.
그리고 두 부류의 사람들에게 똑같은 사실을 전달한다.

당신네가 타고 있는 배가 박살나지 않으려면

즉 살고 싶으면 상대편의 배를 박살내면 된다고.

폭파 스위치를 눈앞에 두고 배 안의 사람들은 실랑이를 벌인다.

선택의 카테고리 안에 들어갈 법한

존엄, 신념, 거짓, 진심, 포기의 언어들 또한

두 대의 배를 받쳐주고 있는 듯했다.

결과는 '조커의 혼란'이었다.

두 부류의 사람들 모두 자신들이 죽기로 선택하고

스위치를 누르지 않았던 것이다.

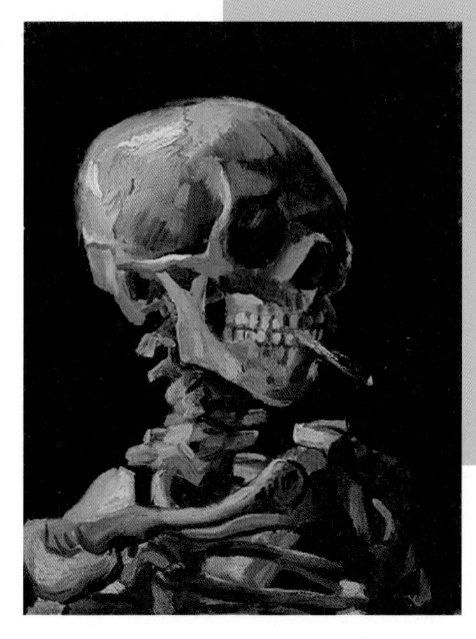

고흐 <담배를 물고 있는 해골>

난, 그 어떤 해골 모양도 싫어한다.

해골이 그려져 있는 옷과 두건, 해골 모양 귀걸이와 목걸이,

해골 문신 죄다 싫다.

그래서 고흐의 <담배를 물고 있는 해골> 그림 역시

볼 때마다 재빠르게 지나쳐 버렸다.

오늘은 해골 그림을 응시해 본다.

'담배를 물고 있는 해골'은 조커와 고흐의 자화상처럼,

번민의 삶 후 결국 딱 하나 남게 된 고독을

뼈 마디마디 박아놓은 듯했다.

이즈음, 두 가지 질문을 가져와 본다.

조커가 사회성을 배우지 못한 채 고독에 편 들어 주다가
결국엔 살인을 정당화하기까지,
우리는 어디에 있었는가.
그리고 누가 봐도 비정상인 사람을 멀리하고자 하는 나,
안전과 안정을 추구하며 죽음을 두려워하는 나를
비정상이라 할 수 있는가.

성장. 공감. 위로. 평화.
이 모든 단어와 대체할 수 있는 한 단어를 찾아보자면
'사회성' 정도가 되겠다.
아파야 나 자신을 성장시킬 수 있고,
성장되어진 동력으로 타인에게 공감하고 위로를 전할 수 있으며,
그리하여 평화를 이룰 수 있는 전제조건이 어느 정도 성립된다.
이 모든 과정들은 나 혼자 이룰 수 있는 것이 아닌,
어정쩡하고 어수선한 타인과 함께해야 가능한 것이다.
작가인 나는 '작가로 살다'라는 문장을 체득한 후부터 책임이 부여되었다.
나와 타인, 지역사회와 국가, 세계와 우주를 하나씩 차례대로
또는 동시다발적으로 궁금해 해야 한다.
그리고 독자들도 끌어들여야 한다.

조커 또는 고흐를 이해하게 되거나,

조커와 고흐를 닮아가려는 어떤 이에게 사회성을 나누어 주거나,

둘 중 하나는 해야 되지 않겠는가.

쉽진 않을 것이다.

사랑을 위해 고독한 타인을 생각한다는 것은.

타인을 위해 글 쓰는 엄마가 된다는 것은.

나만의 우아함을 잃고 싶지 않아

엄마라는 정체성 앞에서

프리드리히 <바닷가의 수도사>

무엇이 하늘이고 무엇이 바다인가.

아니면, 어디까지가 하늘이고 어디까지가 바다인가.

또 아니면, 나는 하늘인가 바다인가.

우리가 늘 발 딛고 사는 땅에 미안할 정도로 하늘에 묻고 바다에 묻는다.

어차피 자연은 위대함이라는 특징으로 하나가 될 수 있는데,

모호한 경계선을 굳이 찾아보려는 나는 오늘도 시인 놀이를 한다.
나 역시 자연의 일부분이고 그래서 위대하다,
두 팔 벌려 보기에는 나른한 오후 2시 30분을 가리키는 시계가
가만 있질 못한다.
아이들 간식은 뭘 줘야 하나, 저녁 반찬으로 뭘 준비해야 하나,
변함없이 되풀이되는 질문들이
변함없이 되풀이되는 자연의 흐름을 질투하는 듯하다.
근원적인 것은 단조롭고 무한하며 순환한다고 했던가.
그렇다면 자연과 함께 끼니고민 역시 근원적인 것이 아닌가. 유머러스하다.
끼워 맞추기식으로, 백 퍼센트 부정할 수만은 없는 애매한 삶의 모양들.
그래서 프리드리히는 자신의 삶에 애매한 수도복을 입혔을까.
평생 도를 닦는다는 마음으로 평생 깨달을 수 없는 자연 앞에 섰을까.
엄마라는 정체성이 수도복과 퍽이나 닮아 있다.
저 넓디넓은 하늘과 바다를 글로 다 채워볼 수 있다면,
그 때 즈음은 긍정할 수 있을까.
내 새끼들을 위한 끼니고민이 근원적인 물음이었다는 것을.
단조롭고 무한하며 순환하는 자연과 맞먹는 사랑이었다는 것을.
수도복을 입고 한없이 서 있는 엄마의 뒷모습보다,
펜을 들고 글쓰기를 하는 엄마의 앞모습이 더 고상하고 기품 있을 것이다.
그래, 그래. 하늘과 바다 앞에서, 엄마라는 이름 앞에서,
나만의 우아함을 잃고 싶지 않아 나는 글을 쓴다.

세월호 기억하기

'진실의 반대말은 거짓이 아니라 망각이다'

세월호 사건 당시,

자식의 생사 여부를 생사를 걸고 알고자 했던

부모님들이 강당에 집결해 계신 모습을 뉴스로 보게 되었다.

대통령이 등장하자 부모님들은 일제히 사자후를 토해 내셨다.

각기 다른 말들이었지만 대부분 비슷했을 그 뜻은

내 새끼를(날) 살려 달라,

내 새끼를(날) 살려내라, 였으리라.

능력 유무를 떠나서 나는, 대한민국 국민들을 위해 일해야 하는
'대통령'이라는 직책을 갖고 싶다는 생각을 단 한 번도 해 본 적이 없다.
아들 셋과 함께하는 버거운 내 삶을 연민하는 것에도
꽤 많은 에너지가 든다.
내 삶을 핑계 대며 '타인'에게 눈 돌리고자 하는
마음을 제법 말리며 살았다.
그러나…….
강당에서 울부짖고 계셨던 세월호 부모님들 앞에 서 있는 자라면,
서 있어야 하는 자라면, 어떤 마음과 어떤 표정을 본능으로 삼아야 하는지,
내가 대통령이 아니더라도 인간으로서 알 수 있는 거였다.
"저 분 말씀 먼저 듣고요."
또는
"저 분께 먼저 대답하고요."였을 테다.
그 때 대통령이 했던, 약간의 성가심이 느껴졌던 말은
내 의지와 상관없이 시시때때로 기억나고야 만다.
사람 표정에서 마음을 유추해 보는 것이 습관인 나는,
그 말을 할 때의 대통령 표정도 잊지 않았다.
조그마한 눈에 조그마한 눈동자로 자신의 코를 보고 있는 듯했다.
나는, 대통령의 대답과 표정에서 마음의 소리를
한 문장으로 요약해 결론지었다.

'댁네 아이들이 살아 있는지 죽어 있는지
저도 모르니까 차분하게 기다리고 계세요.'

산부인과는 생명의 순서를 기다려 주기에 적합한 장소이다.
반대로, 죽음의 순서와 죽음의 장소는
그 누구도 모른다는 것은 매번 숙연해질 수밖에 없는 사실이다.
이 사실이 뒤집혀지고 있는,
죽음의 순서와 죽음의 장소가 예측되어지고 있는 시간들 앞에서
그 때 대통령이 아래로 위치시켰어야 하는 것은 눈동자가 아니라,
고개. 허리. 자신의 마음. 이었어야 했다.

나의 죽음. 부모의 죽음. 형제의 죽음. 자식의 죽음.
"그대는 어떠한 죽음에 무게를 더 실어주고 싶은가?
차분히 앉아 생각하고 결론 내어 보시길"이라는 말을 할 수 있는 자는,
죽음 앞에서 차분히 앉아 있을 수 있는 자는,
위 네 가지 종류의 죽음 외에
이 세상 온갖 종류의 죽음을 맞닥뜨리면서
평생 그렇게 차분히 앉아 있기를, 그러길 바란다.
생을 지켜주지는 못했을 망정,
죽음을 눌러 앉히지는 말았어야 했기를,
그러했길 바라본다.

나는 지금, 정치 이야기를 하고 있는 게 아니다.

내 아이가 갑작스레 죽지 않는다는 보장 없다.

내가 대통령 앞에서 미친 듯 울부짖는 일이 안 생긴다는 보장 없다.

우리 아이들의 '만약'이라는 게 빠져나올 수 없는 괴로움의 영역이 되었을 때 작가와 독자의 몫을 묻고 있는 것이다.

그리고 반드시, 각자의 몫 하나씩은 찾아야 된다.

우리에겐 '만약'이었던 일이, 다른 누군가에겐 '사실'이 되고야 말았음을 기억하기 위해 작가는 기록을 남겨 두고 독자는 기록을 읽어야 한다.

엄마작가라면, 엄마독자라면, 더더욱 그래야만 한다.

우리 새끼들을 위해서라도.

엄마들이여, 지켜줄 수 없었던 삶들을 서로 기억해 주자.

진심으로 기억해 주자. 글로 기억해 주자.

'진실의 반대말은 거짓이 아니라 망각이다.'

일단, 독자보다 먼저인 사람을 위해

솔직해지자

'독자의 니즈에 부합한 글'

독자. 니즈. 부합.

단어들의 뜻을 잘 몰랐었다.

겸손을 장착하여 너스레를 떨어 본다면,

이제 마흔인 내가 독자들이 필요로 하는 것이 무엇인지 안다는 게,

독자들의 욕구를 글로 채울 수 있다는 게 가능한가 싶었다.

한 번씩 길거리에서 보게 된다.

쌍둥이 딸들에게 "야!" 소리를 지르거나

여섯 살 정도로 보이는 아들의 뒤통수를 가격하는 엄마를.

그럴 땐 '우아한 엄마가 되는 연습을 해야 겠다'라는

아이 메시지 기법의 글쓰기를 나름,

독자의 니즈에 부합하고자 하는 최선의 방법으로 활용하고 있었다.

명색이 작가인데 이렇게 소심하게 굴어도 되는 건가 싶어,

2년 전 여름에는 작정을 해 보았다.

'그래, 독자만을 위한 글을 써 봐야겠어! 작가라면 독자를 우선시해야지!'

쌍시옷이 들어가는 욕을 자주 쓰던,

몸싸움을 레슬링처럼 하던 내 부모의 관계 속에서 형성된

나의 분노와 불안을 동화 형식으로 써 내려갔다.

글 마무리 즈음에는 독자를 위한답시고

괜찮다, 우린 잘 살아내고 있다, 또다시 상처를 만나게 되더라도

지금처럼 파이팅하자, 희망 메시지로 마침표를 찍었다.

웬걸, 제대로 망한 글이 나왔다. 그리고 2주 동안 앓았다.

뇌는 멍해졌고 하체는 땅에 파묻혀 있는 듯했다.

글쓰기 동기부여에 대해 가르침을 주신

이은대 작가님이 내 글을 읽고 약을 처방해 주셨다.

"아팠던 과거에 위로를 건네주고 싶고 안타까워요. 음…….

백 작가님 마음이 힘든 이유는, 안 괜찮은데 괜찮다고 해서 그런 거예요."

그렇다 치자.

나는 독자들에게 희망을 전해주어야 하는 작가인데

"나 힘들어요!"라고 하면 안 되는 거 아니냐고 되물었다.

"'나 힘들어요!'라고 해도 괜찮아요."

깔끔한 답이었다.

내가 뭐라고, 얼마나 독자를 사랑한다고 성인군자 흉내를 내나 싶었다.

아직은 누구를 위할 수 있는,

누구를 위로해 줄 수 있는 경지가 아니구나,

쿨하게 고개를 끄덕였다.

그 후로 나는, 글을 쓰기 전에는

글의 주제와 구조, 예상 독자, 전하고자 하는 메시지를 생각하고

또 생각하되 글을 쓰는 순간부터는 손 가는대로 마음 가는대로 썼다.

작가인 나 스스로에게 점수를 후히 주고 싶은 부분은

초고에 신경을 안 쓴다는 거다.

어차피 초고는 내가 쓰나, 도스토옙스키가 살아 돌아와서 쓰시나

반드시 고쳐 써야 함이 틀림없기 때문이다.

세상 평등하고 세상 공평한 초고.

그래서 나는 초고의 시작점에 나 자신을 제일 먼저 세워 둔다.

더럽고 냄새나고 울퉁불퉁한 쓰레기가 쌓일 곳에

신성한 독자들을 두는 건, 예의가 아니지 않는가.

독자보다 나 자신을 우선하고 싶은 뚜렷한 명분이 될 수도 있고.

솔직해지자.

내가 먼저 살아야 남도 살릴 수 있는 거다.

내가 무에 그리 대단하다고 오지랖을 펼치는가.

작가인 나부터 챙기는 글을 썼으면 좋겠다.

글쓰기로 단단해진 나의 팔뚝이

독자들의 허우적대는 손을 잡아줄 수 있을 테니.

작가인 우리는,

일단, 독자보다 먼저인 사람이다.

눈물과 콧물이 시비를 걸어올 때

지금까지 견뎌온 것처럼

인생이라는 책에서 한 페이지만 찢어낼 수 없다고 하던가.
그렇다면 품고 가야 하는 것.

은유 작가님의 글을 읽고 고흐의 그림 〈까마귀가 나는 밀밭〉을 보았다.

고흐는 〈까마귀가 나는 밀밭〉을 죽기 3일 전에 그렸다고 한다.

고흐 〈까마귀가 나는 밀밭〉

이승과 저승을 오가는 신의 사자,

나쁜 소식을 전하는 사자라는 설 때문에

불길한 징조로 여겨지고 있는 까마귀.

기원전 4천 년부터 재배되어져 오면서

세계 농작물 가운데 가장 넓은 재배 면적을 차지하고 있는 밀.

삶을 알려주는 것이 나쁜 소식일까,

죽음을 알려주는 것이 나쁜 소식일까.

살기 위해 먹는 것일까, 죽기 위해 먹는 것일까.

진부한 질문들 앞에서,

까마귀와 밀은 삶과 죽음의 대조 같기도 하고

삶과 죽음의 합일 같기도 하다.

나는 알고 있을까.

지금 눈앞에 독사가 나타나거나 어두운 밤 골목,

강도가 각목을 들고 나를 향해 씨익 웃는다면

살고 싶어 어쩔 줄 몰라 할 것을.

잊고 있었던 눈물과 콧물이 시비를 걸어올 때마다 나는

나에게 질병, 사고, 재해, 여러 종류의 죽음을 떠올리게 한다.

너 이래도 죽고 싶니, 협박을 하는 것이다.

내가 비정상인 건지 허공과 바람에 물어보기도 한다.

그러면 이어폰 속 노래가사가 '모두가 걸어가는 쓸쓸한 그 길로'

또는 '저 하늘에 구름이나 될까'라는,

두루뭉술한 답인지 위로인지 공감인지 모를 말들을 한다.

그리고 '2천 원짜리 노트와 1천 5백 원짜리 볼펜과

값이 얼마인지 모르는 글이 없었다면

미친년이 되었을 거야'라는 생각으로,

계속 글을 쓴다.

만약 내 죽음의 시간을 예견할 수 있다면
나는 죽기 3일 전,
어떤 글을 쓰게 될까.
내가 경험했던 슬픔들 중 대부분은 시간이 지나고 나면
웃긴 이야기가 되어 있을 거라 하던데,
나도 그런 경지를 경험할 수 있을까.
나이가 들면 초연함이 몸에 무르익고
하루하루 감사함으로 마음이 무르익는다 하던데,
나도 늙어가면서 그리 될 수 있을까.

'초연함의 경지' 여섯 글자의 힘과
'지금까지 견뎌온 것처럼' 열 글자의 한으로,
시커먼 까마귀같이 굴다가도
한 알의 밀알에 곧 고개 숙일 수 있게 되기를
조금의 진심에, 조금의 글에 바라본다.

모두를 위한 신념

누구를 위해 글을 쓰는가

만약 당신이 글을 쓰고자 한다면,

내가 지금 쓰려고 하는 글에 대한 이유를 찾아야 한다.

왜 이 글을 쓰려고 하는가,

그것에 담을 나의 신념은 무엇인가를 말이다.

이은화 작가님은 ≪너에게만 알려주고 싶은, 무결점 글쓰기≫ 책에서

스트라이크를 던지셨다. 오직 나만을 위한 한 방인 듯 강렬했다.

'왜 글을 쓰는지 이유를 알아야 한다'라는 말은

그동안 나에게 가벼운 문장이었다.

글쓰기에 굳이 이유가 있어야 되나, 습관처럼 쓰면 되는 거 아닌가 싶었다.

신념.

이 단어에 대중적이기도 하고 특별하기도 한 의미를 부여하기 위해

나는 다시 생각해야만 했다.

'글은 내 삶의 일부분이니까', '쓰고 싶어서 쓴다'라는 것은

글을 쓰는 이유로 어느 정도의 답은 될 수 있겠지만

작가의 신념을 설명하기에는 부족한 말이었다.

또한 시간이 좀 남을 때, 심심할 때,

나 자신을 돋보이게 하기 위한 행위로만 글쓰기를 한다는 건

글이 지니고 있는 영향력과 가치를 떨어트릴 수 있다.

특히 글쓰기를 업으로 하는 작가들은 치열함과 고독을 무기로 삼고 있다.

이런 분들에게 글쓰기의 무게감을 덜어낸다는 것은

죄송하고 또 죄송한 일이다.

그래서 물어 보았다.

나이는 나보다 한 살 어리지만 생각과 경험치는 나의 이모뻘인,

책을 여러 권 출간하시고 교육컨설팅을 하고 계신

신혜영 작가님은 어떠한 마음으로 지속적인 글쓰기를 할 수 있으셨는지.

"나의 번뇌와 씨름하는 고된 일을

다른 사람은 하지 않기를 바라는 마음에서 글을 씁니다.

이미 힘들어 했던 나의 여러 가지 삶의 모양들에서

나름대로 찾게 된 해결책을 이웃들과 나눈다는 마음이에요.

한마디로 이웃사랑의 마음으로 글을 쓴다는 것이죠."

작가의 신념이 충분히 담긴 대답이었고

난 아직 멀었어, 라는 생각을 가져다주기에도 충분한 대답이었다.

일정한 글과 일정한 시간이 쌓여야만 알 수 있는 일이지만

타인을 위하는, 독자에게 선한 영향력을 미치고자 하는 마음은

작가인 나 자신을 위하는 만큼이나 커야 했던 것이다.

감사했다. 깨닫게 되어서. 하여, 난 선택했다.

작가인 내가 실수하고 실패했던 생각들을 글로 나누자.

그래서 작가인 우리 모두가 각자의 신념을 담아내는

글쟁이가 되었으면 하는 바람을,

나의 신념 중 하나로 삼기로.

'왜 글을 쓰는가'라는 질문의 답은 각자의 상황과 마음의 타이밍에 따라 다양함을 선보일 수 있겠다. 그러나 '누구를 위해 글을 쓰는가'라는 질문의 답은 작가의 신념과 함께 변치 않았음 한다.

나를 위해.

그리고

타인(독자가 안 될 수도 있는)과 독자를 위해.

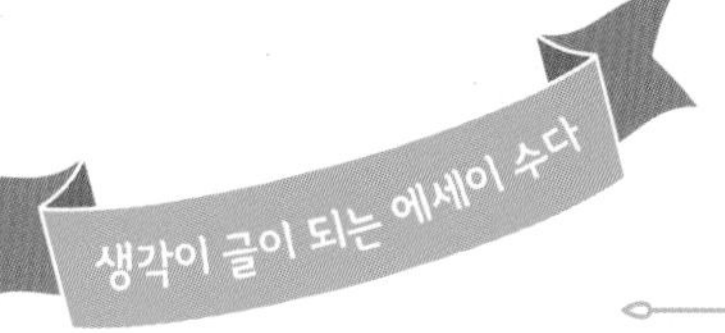

프리라이팅 : 3문장 쓰기

종이 박스에 버려져 있는 종이 한 장과 아이들 책상 위에 놓여 있는 연필 한 자루를 준비해 주시겠어요? 준비하셨으면 “오케이!” 외쳐주세요.
오늘은 ‘프리라이팅’을 해 볼게요. 말 그대로 자유롭게, 끌리는 대로 쓰는 겁니다.
아래 10개 문장을 걸레질 하듯 스윽, 눈으로 훑어 봐 주세요.

1 시계 초침 소리가 들린다
2 역시 커피는 맥심이다
3 어쩜 나한테 그런 말을
4 남편을 버려버릴까 보다
5 엄마의 전화다
6 하루만 엄마로 살지 않을 수 있다면
7 통장 잔액이 부족하다
8 햇살만큼은 끝내준다
9 결국 세탁기가 고장 났다
10 음, 글쓰기라

저는, 봄꽃이 필 듯 말 듯한 날에 글을 쓰고 있어서 8번 문장이 땡기네요. 독자님도 왠지 꽂히는 문장이 있죠? 아니면, 좋아하는 숫자에 적혀진 문장을 찜해 주셔도 됩니다. 선택하신 문장 뒤를 이어서 3문장을 쓰시는 겁니다.
맞아요! 지금 드는 그 생각을요! ‘뭐라고 쓰지?’라고 생각하셨다구요? 그럼, ‘뭐라고 쓰지?’라고 쓰시면 됩니다. 오늘은 **그냥 3문장 쓰기**가 목표거든요.

‘글쓰기를 시작한 오늘’을 기념일로 삼아볼까 해요. 작가가 될 나를 위해 커피숍에 가서 아메리카노 한 잔 사 드시거나, 꽃집에서 독자님 마음 색을 닮은 꽃 한 송이 사 오시거나, 30분 낮잠시간을 가져 보세요.
우리는 쉴 자격 있어요. 글 쓰잖아요.

Part 2

잘 살기 위한, 잘 쓰기 위한 용기와 함께

: 무엇을 쓸까?

나는 다른 원고에서
내 부모에게 쏟아내지 못해 잠재되어 있던 나의 분노를
나 대신 원 없이 표현하고 있는 아들에게
'새끼'(엉덩이 두드려주며 귀여울 때 사용하는 단어의 기능이 아닌)라 외쳤던 이야기,
1년에 한두 번 드러나는 화병 증세 때문에
포도주를 벌컥벌컥 마시며 엉엉 울었던 이야기
(나의 남편은 교회 전도사다. 고로 나는 '사모'라 칭함 받고 있다),
정신병이 있었을 때 강가로 가서는 밑도 끝도 없이
물에 빠져 죽겠다며 남편을 협박했던 이야기를 썼다(지금은 정상인 같다).
자식에게는 언어 폭력과 정서 학대를 행사한 엄마였고,
남편에게는 이혼의 정당한 사유를 제공한 아내였다
(인내심 끝판왕인 남편에게 진심으로 감사한다).
내 글의 재료가 출판사 눈에도 띄고, 독자들 눈에도 띄려면
나는 평범인이 아니어야 한다는 망상을 부릴 때도 있었다.
하버드 대학을 나왔는데 참교육에 뜻을 두고
시골의 조그마한 학교로 가서 교사를 하고 있거나,
아들 셋이 아니라 아들 넷을 키우며 시부모님과 함께 살며
책 한 권 분량을 써낸 히어로 같은 여자가 되어야 한다는.

'문학은 용기다'라는 말은 한참 뒤에 발견하게 되었다.
'지금 알고 있는 걸 그때도 알았더라면',
조금 더 정제된 마음으로 나를 표현할 수 있었을까
싶기도 한데 중요한 건 글에 대한 나의 태도였다.
내가 글에게마저 잘 보이려 했다면 이 세상의 많은 엄마들,
이 세상의 많은 아내들과 소통할 수 있는 방법을
스스로 포기한 작가가 되었을 것이다.
이제는, 평범한 하루하루를 잘 살아낼 수 있는 용기가
진짜 글감임을 깨달아가고 있는 중이다.
잘 살기 위한 용기, 잘 쓰기 위한 용기.
잊지 말고 잃지 말자.

상처

사과하고 있으면 좋겠다

"솔직해서 좋긴 한데, 이렇게까지 적나라하게 써도 되는 건가요?"

독자에게, 지인에게, 예비 작가에게 한 번씩 들었던 질문이다.

내 대답은 세팅이 되어 있다.

"생각보다 사람들은 제 삶의 이야기에, 상대방 삶의 이야기에 관심이 없어요."

6개월 전에 만났던 내 친구가 이혼을 하겠다며 펑펑 울었던 모습을 본 기억이나
1년 전 어느 날, 얼굴에 붉은색을 띠고 삿대질을 해대며 나에게 지랄을 떨었던
상사에 대한 기억,
15년 전 엄마가 회초리로 나의 종아리를 때렸던 기억으로
타인을 만날 때마다 이야기를 우려먹는 사람이 있는가 생각해 보면 된다.

나에게 상처가 되었던 경험을 말로 하는 것보다

글로 남기고자 하는 데에는 이유가 있다.

내가 아팠다고, 그 사람 어쩜 그럴 수 있냐고,

혀를 끌끌 차 대었더니 결국엔 나 자신이 비루해졌다.

나의 하소연은 시간이 지나자 타인에게 하품과 껌 딱지가 되어버렸다.

입으로 내뱉은 상처의 무게가 급속도로 가벼워지는 경험을 몇 번 해보고 나서

결심했다.

방정 떨지 말자.

그래서 내 상처가 상처 그대로 보여 지기를 바라는 마음으로,

조금의 미사여구와 조금의 욕설과 조금의 깨달음을 곁들여

글로 남기기로 한 것이다.

이상하고도 이상했다.

상처를 글로 남기고 하루가 지난 뒤 읽어보면,

내 속을 뒤집어 놓았던 상황과 말과 감정이 별 게 아닌 것이 되어 있었다.

상처를 숙성시키고자 말보다 글을 선택한 건 아니었는데,

내 상처 좀 있는 그대로 봐 주세요!라는 마음으로 글을 쓴 거였는데,

말로 방정 떨지 않기로 했던 결심이 다른 모양으로

빛을 발하게 되는 순간들을 경험하게 되었다.

글로 쓰여진 내 상처가 독자에게 공감을 줄 수 있다면

잠시 동안의 처방약이 되어주어 고마운 일이고,

내 상처가 독자에게 잊혀지는 이야깃거리라면 나 역시 울분과 설움을

가볍게 여겨보고자 애쓸 수 있는 동기가 될 수 있을 것 같다.

상처! 그까이것 뭐.

상처? 뭣이 중헌디.

상처, 현혹되지 마소.

상처 자체보다

상처를 해독하는 능력이 나의 존재를 증명해 줄 테다.

재작년이었다.

죽고 싶다는 말을 간간이 뱉어 내고, 목 조르는 놀이를 즐겨하며,

조그마한 일에도 짜증을 있는 대로 내던 둘째 아들.

세상에 태어난 지 10년밖에 되지 않았던 이 아이 때문에

여러 감정들을 느껴보게 되었다.

상담을 받아보면 어떻겠느냐는 지인의 말에 동의할 수밖에 없어

상담 날짜를 예약하기 위해 전화번호를 누르는데

내 가슴을 거인이 느린 발걸음으로 짓누르는 듯했다.

공중에 떠 있는 화산이 곧 폭발할 것이라는 아들의 그림은 위험천만해 보였다.

"저는 바다 같고, 엄마는 토끼 같아요"

라는 말에 내 존재감은 와르르 무너졌고.

상담 선생님은 아들에게 물음을 던졌다.

"엄마가 너를 도와주실 수 있을 것 같니?"

아들은, 무언가를 생각하는 듯한 눈빛 뒤에 고개를 좌우로 천천히 움직였다

(아들이 보여 주었던 3초간의 그 눈빛과 고갯짓을, 잊을 수가 없다).

그 뒤로 나 역시 죽고 싶다는 일기를 썼고,

엄마 보고 뭘 어떡하라는 거냐 소리치며 가방을 집어 던졌다.

둘이서 껴안고 엉엉 울기도 했다.

모든 아이의 문제 행동은 백 퍼센트 부모의 책임이란 말에

백 퍼센트 동의할 수는 없지만,

재작년 둘째 아들의 상태는 나의 모든 것을 인정사정없이 찢어놓음으로써
'부모'라든가 '책임'이라든가 하는 단어에 고개를 숙이게 만들었다.
심한 죄책감으로 갈팡질팡하다 차선책으로 다짐하게 된 것이
'강한 엄마가 되자'였다.
눈물과 미안하다는 말을 거두어 들였고,
토끼인 엄마가 바다인 너를 지켜주기 위해서는
튼튼한 배를 만들어 바다를 거침없이 항해해 보리라 마음먹었다.
다짐에 맞는 액션을 취하고자 할 때 즈음, 내가 폭발하게 된 아침이 있었다.

그동안 둘째 아들이 보였던 분노조절장애 모습, 우울증 모습
모두 나의 DNA를, 그리고 외가댁 DNA를 물려받았다.
그런데 이 녀석이, 나는 내 부모에게 하지 못했던 '반박'이라는 걸 했다.
자신의 모든 마음을 짜증으로 표현하던 둘째 아들은
형이나 동생과 싸우고 난 후 자신의 잘못보다
상대방의 잘못을 크게 부각시키는 말들을 적당히 배치시키면서
"그러니까 내가 잘못한 게 아니지"
라고 깔끔하게 못을 박기도 했다.
아빠 엄마의 크고 잦은 싸움 속에서 자랐던 나는,
부모님께 단 한 번도 따져본 적이 없다. 아니, 따질 수 없었다.
나를 사랑하고 있음을 간간이 보여주는 엄마의 말, 아빠의 행동 사이에서
불안해 했으며 눈물을 시원하게 쏟아보지도 못했다.

둘째 아들은 나의 분노를 제대로 건드렸다.

'나는 너처럼 살지 못했어. 그런데 너는 지금 니가 하고 싶은 말,

하고 싶은 행동 다 하면서 살고 있네? 억울해. 분해!'

그 날 아침은 참지 않았다. 아니, 참기 싫었다.

나를 힘들게 하는 존재에게 너도 힘들어 보라는 식의 복수를 담아

'새끼'라는 욕을 사용할 때에도 마음에 거리낌 없이 사자후를 토했다.

둘째 아들을 내 부모라 생각하며 쏟아내는 왜곡된 시선도 부끄럽지 않았다.

수많은 자녀교육 책의 가르침을 토대로 한다면,

나는 자식에게 정서적 학대와 언어 폭력을 휘두른 엄마다.

마지막 사자후마저 "엄마가 널 사랑하는 마음은 잊지 말고"라는

철저한 엄마 합리화, 자기 합리화였다.

내 부모에게 받았던 상처로 형성되어진 나의 삐딱한 성격들을

재수 없게 둘째 아들이 물려받았고,

엄마의 분노의 원천을 몰랐던 둘째 아들은 또 재수 없게 엄마에게 물렸다.

아들이 그렸던 화산은 나를 뜻하는 것이었을까.

자신을 바다로 표현했던 아들은 바다처럼 자유롭고 싶어 했던 것일까.

나를 토끼로 표현했던 아들은

'내 마음의 말 좀 들어주세요!'

라고 외치고 싶어 했던 것일까.

한동안,
가슴이,
저렸다.

'우리 엄마, 아빠는 도대체 왜 결혼하고 도대체 왜 이혼했을까?'

라는 끝도 없고 답도 없는 나의 질문을 거두어들여야 할 때였다.

이제는 내 자식들이 빨려들지 말아야 할

나의 블랙홀을 두 눈으로 똑똑히 응시해야 했다.

사람이 살아가면서 서로에게 상처를 안 주고 안 받을 수는 없지만,

내 상처와 자식의 상처는 횟수와 무게와 종류가 달랐으면 하는

바람을 가지게 되었다.

내 상처 직시하기,

내 아이들에게 겨누게 될 상처의 횟수와 무게 최소화시키기,

내가 받았던 상처는 물려주지 않기.

그래, DNA를 바꾸는 일인데 뼈를 깎는 고통을 수반하지 않으면 안 된다는

어느 책의 글귀에 공감해야 한다.

내 뼈가 깎이어 있을 미래의 어느 날

내가 둘째 아들의 두 손을 조금 힘주어 잡은 후

진심 가득한 눈빛으로 바라보며

그때 '새끼'라고 소리쳐서 미안했다,

너는 기억하고 있겠지만 엄마는 기억하지 못하는 많은 것들이 미안하다,

사과하고 있으면 좋겠다.

감정

진심을 놓치지 않을 변심

이 세상에서 '온전히 내 것'이라 말할 수 있는 성질은 손가락으로 꼽을 만하다.

내 귀한 손가락 하나를 '감정'에 바치는 바이다.

감정에는 옳은 감정, 틀린 감정이 없다.

세월호 사건 당시, 시민들이 느꼈던 죄책감과 무력감이 세월호 가족들과 연결될 수 있는 고리 역할을 해 주었다.

누가 우울함을 병으로 만들었는가.

'외로우니까 사람이다'에 대한 반역이다.

내 감정을 쓰고 내 삶을 쓰는 것이다.

이러한 장르의 글을 에세이라 부른다.

그리고 흘러넘치는 감정들에 내가 잠기지 않기 위해서라도,

'엄마인 나'로서 존재가 흐려지지 않기 위해서라도 글은 쓰여 져야 한다.

감정은 온전히 나의 것이다.

글은 온전히 우리의 것이다.

글이 잘 써지는 몰입의 시간은 묘한 죄책감을 주기도 한다.

크게는 엄마와 아내,

작게는 딸과 며느리라는 이름으로 살고 있는 나에게

'글'이란 게 과연 어울릴 만한 성질인가 싶어서이다.

글이 내 몸을 달아오르게 할 때도,

글이 나를 대놓고 개 무시할 때도,

언제나 어디서나 졸졸 따라붙는 나의 또 다른 이름들(정체성이라 해야 하나).

문득,

약간 무질서한 형태로 꽃병에 꽂혀 있는 연분홍 장미 여섯 송이가

나에게 위안을 건네 보려 한다.

흠잡을 데 없는 아름다움 같지만 가시가 있고,

가시가 있으니 아름다움도 있다는 오그라드는 말로.

빈틈없는 아름다움 같지만 평생 동안

고개를 빳빳이 들고 있을 순 없는 노릇이고,

죽음이 있으니 생도 있다는 틀리지 않는 말로.

글쓰기와 내 역할들은

가시이자 아름다움이고, 죽음이자 생이다.

마이쮸를 나는 두 개 먹었네 너는 세 개 먹었네 싸워대는 아들 셋에
지치는 게 당연하니까,
기승전결 없는 엄마의 서사를 들으며 짜증스러운 게 당연하니까,
병 키우고 돈 키워서 입원한 어머님을 생각하니
역할 하나 쯤은 때려치우고 싶은 게 당연하니까.
그냥 내가
빈 노트나 땅에 묻혀 버렸으면 하는 변심에 고개를 끄덕여줄 수 있다.
그러나 변심은
또다시 변심이 되어 결국 진심이 자리를 차지하게 될 것임을 안다.

써야겠다 써지다,
살아야 겠다 살아지다,
엄마작가인 나와 엄마작가가 될 그대가
결국엔 '진심'으로 마무리할 지금의 변심,
높이 산다.

詩

'우리에게 필요한 건 느낌의 시행착오'

선택

커튼 같은 마음을 비집고 파르르 거리는 빛들을 담아내

끝이 덜 마른 수건을 잡고 눈물 또한 잡아내

머리카락과 먼지를 쓸고 또다시 만나게 될 쓰레기 시간을 예언해

밥솥에 갇혀버린 쌀알들과 나를 연민해

설거지 거품의 현란함에 코웃음으로 대답해

나 참 애쓰네, 짧은 문장 휘저어 커피 한 잔 음미해

오르골을 바라보며 희망을 죄였다 풀었다 그러해

어제를 살아내었듯 오늘도 내일도 그러하리라, 생각한다는 것이

옳은가 그른가 헷갈려 해

김경미 시인의 〈식사법〉을 읽고 난 후 옆에다 끄적거려본 詩.

아직까지 정확한 식사법을 익히지 못한

나의 설익은 인생법을 그대로 직시하고픈

또는 익히기 싫어하는 오기같은 거였다.

나는 독서법, 육아법, 공부법 등 '법'이 들어가는 책들을 좋아하지 않는다.

다독을 해라, 아니다 정독이 맞다,

아이랑 많이 놀아 주어야 한다, 아니다 육아는 양보다 질이다,

새벽형 인간이 되어라, 아니다 밤 시간을 이용해라 등등

사람마다 삶의 모양이 다 다르듯, 각자에게만 맞는 삶의 법이라는 게 있다.

나에게 맞는 라이프 스타일을 두루뭉술한 '법'으로 묶어 다른 사람에게

"당신도 이렇게 사세요."

라고 말하는 건 아니 될 일이다.

그래서 문학의 묘미, 시의 묘미를 말하자면

읽는 사람마다 달리 해석할 수 있다는 것이다.

시집은 팔리지 않아 출판사가 꺼려하는 영역이기에

이렇게라도 걸쳐서 써 본다.

시는, 지구가 살아 있을 동안 살아 있어야 한다.

문학평론가 김현에게 그의 어머니는

"문학은 해서 무엇하냐?"

라는 질문을 하셨다 한다.

이에 대한 김현의 답이다.

"문학은 배고픈 사람 하나 구하지 못하며, 출세도, 큰돈을 벌지도 못합니다. 그러나 그러한 점 때문에 문학은 인간을 억압하지 않습니다. 인간에게 유용한 것은 대체로 그것이 유용하다는 것 때문에 인간을 억압합니다. 문학은 유용한 것이 아니기 때문에 인간을 억압하지 않습니다."

나는 현실을 직시하기 싫어질 때,
도리에 약간 어긋난 나의 감정에 편 들어 주고 싶을 때 숨는 곳이 있다.
시와 소설이다.
시는 흉내를 내서라도, 단어를 재창조해서라도 어렴풋이 쓸 수 있겠는데,
소설은 범접할 수 없는 우주의 영역이다.
그러나 나의 영혼을 힘들게 하는 인간을 감옥에 쳐 넣어 버리고 싶어지거나,
'지금 이 아픔은 나눈다고 해서 해결될 일이 아니니 죽이 되든 밥이 되든 알아서들 하시기 바랍니다'라는
밖으로 표출시키지 못할 문장이 찌릿 거리는 가슴으로 만들어지는 순간엔
나도 모르게 소설을 써 보고 싶다는 충동이 몰려온다.
어제는 배고픈 사람같은 걸음으로 서점엘 가서
직원분이 추천해 주신 ≪가재가 노래하는 곳≫ 소설책을 샀고,
오늘은 김경미의 시 〈식사법〉을 읽었다.

콩나물처럼 끝까지 익힌 마음일 것
쌀알빛 고요 한 톨도 흘리지 말 것
인내 속 아무 설탕의 경지 없어도 묵묵히 다 먹을 것
고통, 식빵처럼 가장자리 떼어버리지 말 것
성실의 딱 한 가지 반찬만일 것

새삼 괜한 짓을 하는 건 아닌지
제 명에나 못 죽는 건 아닌지
두려움과 후회의 돌들이 우두둑 깨물리곤 해도
그깟 것마저 낭비해버리고픈 멸치똥 같은 날들이어도
야채처럼 유순한 눈빛을 보다 많이 섭취할 것
생의 규칙적인 좌절에도 생선처럼 미끈하게 빠져나와
한 벌의 수저처럼 몸과 마음을 가지런히 할 것

한 모금 식후 물처럼 또 한 번의 삶을
잘 넘길 것

'우리에게 필요한 건 느낌의 시행착오'라 했던가.

지금 나의 모든 느낌이 시가 되고 소설이 되어

다시금 고쳐 쓰고 다시금 매듭지어야 하는 시행착오였음 좋겠다.

문학은 사람을 위한 것이고 느낌 또한 사람을 위한 것인데,

그 분 또는 사람으로 불려져야 하는 이들 중

나에게 간혹

'인간'이 되어버리는 존재를 위해서도

문학과 느낌은 탄생되었기 때문이다.

인정하기 싫지만 문학과 느낌은 지금도 내 눈 앞에서,

지금도 모든 이들 앞에서 당당하다.

난 결국, 기 싸움에서 패했다.

하여, 내 상처를 필기도구 삼아 '그 인간(들)'을 문학과 느낌에

꾸역꾸역 쑤셔 넣는 것으로 벌을 대신하련다(거 좀, 잘합시다).

자식

서로 다른 종류의 선택과 책임

'아이는 싸움의 대상이 아니라 가르침의 대상이다'

라는 글을 어느 책에서 읽었다.

여기에 나는 내 생각을 보탠다.

아이는 가르침의 대상일 뿐만 아니라 나와 함께 살아가는 사람이다.

옆집 아이가 우리 집에 놀러 와서 과자를 먹다가 부스러기를 바닥에 흘렸다 하자.

그러면 엄마인 우리들은 세상 어디에도 없을 인자한 미소로

부스러기를 치울 수 있는 물티슈를 옆집 아이에게 슬며시 가져다 줄 것이다.

아니면 부모교육 책 여기저기서 권장하고 있는 "괜찮아"라는 단어에

버터 바른 목소리를 내뱉으며 옆집 아이 대신 부스러기를 치워줄 것이다.

주체가 옆집 아이에서 우리 아이로 바뀌면 어떻게 될까.

그러게 몸을 앞으로 바짝 당겨서 먹으랬지, 으이구 내가 못 살아, 당장 치워, 비켜,

뭐 이와 비슷한 말들을 하게 되지 않을까 싶다.

내 새끼를 사람으로 대한다는 것, 도를 닦아야 되는 일이다.

그러나 원하는 결과를 기대해볼 수 있는 일이다. 내가 그랬다.

머리카락을 쥐어뜯으며 울부짖은 후,

아이들을 위해 가슴 치며 기도하다 가슴에 진짜 멍이 들고 난 후였지만.

엄마에게 '자식'만큼 풍부하고 다양한 글감은 없을 듯하다.

마음껏 자식 흉보고 마음껏 나를 반성하자.

글 쓰는 엄마작가가 되어 스트레스 제대로 풀자.

난 똑같은 말을 반복해서 하는 것, 반복해서 듣는 것을 싫어한다. 그것도 많이.

성격이 급해서도 그렇고,

아빠가 술을 드시고 나면 했던 말 또 하고 했던 말 또 하던 기억 때문이다.

그런데 문제는

아이들을 키우면서 말이든 행동이든 '반복'은 필수라는 것이다.

돌아버리는 줄 알았다.

매일 해야 하는 씻기, 숙제, 밥 먹기, 양치질을

아이들은 왜 매일 잊어먹는 것처럼 행동하는 걸까?

엄마를 시험하는 걸까?

기 싸움에서 이기려고 하는 걸까?

학교에서 돌아오자마자 가방 정리하고 손을 씻으면

마이쮸를 주겠노라 하는 당근 전략도,

알림장을 꺼내놓지 않으면 사인을 해 주지 않고

준비물을 사 주지 않겠다는 채찍 전략도 다 사용해 봤다.

약발은 3일을 넘기지 못했다.
애네들이 고등학교를 졸업할 시점을 장남 기준으로 했을 때 5년이 남았고
잔소리를 하루에 기본 5번 정도 한다고 잡고,
5년 곱하기 365일 곱하기 5번을 하면
나의 잔소리는 최소 9,125번이 남아 있다는 뜻이다.
내가 폭삭 늙어가는 소리가 들린다.

그래서 아무 말 없이 가만히 관찰해 보았다.
모범생 스타일, 융통성 제로인 장남은
모든 일을 시간표에 짜 놓은 것처럼 행동한다.
학교에서 돌아오자마자 거품비누로 손을 씻으며
가방에서 물통을 꺼내 조리대 위에 올려놓는다.
한마디도 하지 않고 하루 분량이 정해져 있는 문제집을 풀고 성경을 읽는다.
둘째와 막내는 가방부터 시작해서 잠바를 거실 바닥에 던져 놓는다.
손을 씻긴 씻는데 물에 적시는 정도이다.
그리고 한 시간이고 두 시간이고 논다.
속이 부글부글 끓었지만 끝까지 지켜보기로 했다.
저녁 먹을 시간이 다 되어서야 둘째와 막내는
알림장을 꺼내놓고 숙제를 하고 문제집을 풀었다.
다행이었다.
어두컴컴해질 때까지 자신이 해야 할 일을 하지 않았다면
나는 또 으르렁댔을 테니까.

초등학생들의 영어를 가르치고 있는 지인이 말해주었다.

"아이들이 이야기했어요. '선생님, 우리 엄마는 미친 것 같아요. 실컷 화내면서 회초리로 종아리를 때려놓고는 밤에 제 방에 들어와서는 울면서 종아리에 약을 발라줘요. 그럴 것 같으면 때리지를 말든가.'"

아이들마다 생각이 다를 수는 있다.
약을 발라주는 엄마의 손길을 느끼며 자신의 행동을 반성할 수도 있고,
아무렇지 않게 또 잘못을 저지를 수도 있다.
하지만 엄마가 미친 것 같다고 생각하는 아이가 있다는 말에
엄마인 나는 적잖이 충격을 받았다.
똑같은 상황에서 어떨 때는 웃으면서 모든 걸 해 주고
어떨 때는 고래고래 소리를 지르며 협박하는 엄마의 모습을 보며,
우리 아이들은 그동안 무슨 생각을 하고 있었을까.

아이들의 행동 패턴을 파악하기 위해 노력하고 난 후,
엄마의 행동을 미쳤다 생각한다는 어느 아이의 말을 전해 듣고 난 후,
나는 잔소리를 제법 거두어 들였다.
"숙제를 안 해 가서 선생님께 혼나는 건,
숙제를 하지 않겠다는
너희들의 선택 때문에 일어난 결과인 거야. 숙제해."
말해 주고 신경 끄는 연습을 했다.
씻고 밥 먹는 것은 건강이 관련되어 있는 문제니
씻어, 씻어, 씻어, 밥 먹어, 밥 먹어, 밥 먹어,
똑같은 말을 똑같은 톤으로 계속 이야기해 주고 있다.
고장난 레코드처럼.

엄마인 나와 자식인 아이들은 각자가 배워야 하는
서로 다른 종류의 '선택과 책임'이 있었다.

엄마

또 다른 내 하나의 사람

"좀 도와주라"

라고 말했던 엄마를, 나는 단칼에 쳤다.

"창피하니까 가."

17년이 지난 어젯밤, 처음으로 떠오르게 된 질문 때문에 잠을 설쳤다.

내가 왜 그랬을까, 내가 왜 그랬을까, 왜 그랬을까, 내가 왜.

한 번씩 바지에 오줌을 지렸을 일곱 살, 한글을 다 뗐는지 모를 아홉 살.

내 여동생들이 일곱 살, 아홉 살 때 엄마는 아빠와 연을 끊게 되었다.

내가 결혼을 한 지 두 해가 넘어가던 무렵이었고,

나와 내 동생들의 나이차는 열 다섯 살이 넘었다.

내 동생들이 교복을 입은 모습도 별로 보지 못하였고,

생리통 때문에 배 아파하는 모습도 보지 못하였고,

나처럼 아빠를 미워하며 울었을 모습도 보지 못하였다.

내 동생들이 일곱 살, 아홉 살 때면 엄마 나이는 마흔 중반.

마흔 중반에 아무 기술 없이, 집 없이,

아이 둘을 데리고 살아야 한다는 것.

엄마에겐 먹고 살 길이 막막했단 뜻이었다.

그건 도대체 무슨 마음이었을까.

엄마, 도대체 무슨 마음이었어?

"차지연, '네 박자' 영상 좀 찾아줘. 음쓰지따(없어졌다)."

"유튜브에서 다 내렸나 봐. 없어."

"찾아줘."

"네이버 블로그 들어가니까 있네. 좀만 기다리면 흰색 세모 모양 보일거야.

그거 누르면……."

"통 모르겠다."

"이거라도 보이소."

엄마의 애창곡이어서 자연스레 나의 애창곡도 된

'내 하나의 사람은 가고' 동영상을 엄마에게 보내드렸다.

노래가사가 내 나이에 맞지 않았지만

슬펐던 나의 10대를 연민하며 동전노래방에서 열심히 불렀었고,

사회생활하면서 어쩔 수 없이 노래방을 가야 할 때

탬버린으로 분위기 맞춰주는 역할을 마치고는 이 노래를 꼭 불렀었다.

나의 10대와 20대와 30대를 함께했던 이 노래를 오랜만에 들었다.

예전엔 '등이 휠 것 같은 삶의 무게여' 가사에 꽂혔었는데

지금은 '내가 돌아선 하늘엔 살빛 낮달이 슬퍼라'에 마음이 머물렀다.

"나 힘들어!" 직설화법보다

낮달을 지그시 바라보는 무언의 화법이 더 슬프게 느껴졌다.

확실히 나는 늙어가고 있었다.

비판하지 마라.

비난하지 마라.

용서하라.

내가 실천하기 힘든 성경 구절이다.

나, 비판받아도 좋고, 비난받아도 좋고, 용서받지 못해도 좋으니

내가 비판하고 싶은 사람 비난하고 싶은 사람 용서하기 싫은 사람

좀 마음대로 해 보고 싶어요,

라는 마음으로 한동안 살았다.

그래도 침묵하기 위해 노력했다.

어느 누구나 있는 슬픔일 테고,

어느 누구나 각기 살아온 인생이고,

슬픔과 인생은 객관화시킬 수 없는 판단의 영역이기 때문에.

미움과 분노에 집착해서 나쁠 건 나 자신뿐이었다.

사랑의 반대말은 미움이 아니라 무관심이라고도 하니,

사랑할 수 없다면 일단 무관심으로 상대방과 나를 살려야겠다 생각했다.

내가 떠나보내야 할 사람이 미움의 대상이든 사랑의 대상이든

우리 모두는 각자가 짊어져야 할 삶의 무게가 있고,

각자가 보았던 살빛 낮달이 있다.

각자의 슬픔에만 충실할 수 있도록 미움은 빼는 것이다.

내 하나의 사람인 아빠는 가야겠지만,

또 다른 내 하나의 사람인 엄마는 있으니까.

남편

곱창과 회를 사 주지 않는 곰탱이

봄기운이 내 마음을 트램플린 위에 올려다 놓은 것 같던 날,

남편과 드라이브를 했다.

행복해서 죽을 수도 있겠다는 생각이 들 때 즈음, 나는 남편을 불렀다.

"자기야."

"왜?"

"사랑해."

3초 뒤…….

"너, 방귀 꼈냐?"

사랑해, 라니. 2년 반 연애 후 18년째 같이 살고 있는

마누라가 남편에게 할 소리는 아니었지 싶다.

이해한다.

밀폐된 공간에서 내가 방귀를 끼고 난 후
잘못을 무마하려는 의도로 갑자기 사랑 고백을 했다고 해석한 남편을.

가난한 교회 사역자.
곱창과 회는 절대 사 주지 않는 자.
약속 시간 10분 전인데도 집에 있는 자.
한 시간 동안 변기 위에 앉아 있는 자.

더 이상 생각나지 않는다.
남편의 단점이(나보다 키가 작아 어깨동무를 할 수 없지만 딱히 단점이라 여겨지지 않는다. 팔짱을 끼면 되니까).
하나님께 감사하다.

서로의 눈에 씌어 주셨던 사랑의 콩깍지를 아직까지 보호해 주시사,
남편을 향해 신세한탄하며 미친년처럼 울고불고 했어도
베개를 집어 던졌어도 등짝 스매싱을 날렸어도 극복하게 하셨다.
아, 아들 셋도 극복하게 하셨다.
하루는 우리 엄마가 뜬금없이 말했다.
"처음에는 김 서방 싫어했었는데 사람이 참 한결 같드라.
요즘 세상에 김 서방 같은 사람 음따. 떠받들고 살아라."
한결 같다는 말엔 찬성, 떠받들고 살아라는 말엔 반대한다.
고생한 걸로 치면 나도 어디 가서 빠지지 않는다고 생각하니까.
그리고 엄마, 말이 나와서 말인데 엄마가 이런 말도 했었어.
"이 년아, 요즘 세상에 니같이 고생하며 사는 여자가 어디 있노?"
뭐, 요즘 세상에 없을 만한 남자와 여자끼리 만나 잘 살고 있음 됐지.
내가 숨을 잘 쉴 수 있도록 콧구멍을 두 개 주신 하나님 의지하며
곱창과 회를 사 주지 않는 곰탱이 남편에게 할 수 있는 날까지
최선을 다해 잔소리 퍼부으며 지금처럼 살아보련다.
남자가 거기서 거기 아니겠나 싶기도 하고,
남편 역시 여자가 거기서 거기 아니겠나 생각하는 것 같기도 하고.

남편!
곱창이나 회 사 주면 다음엔 온갖 미사여구로
세상에서 제일 멋진 남자로 써 줄게.

아빠

나에게 마지막 소원이 무엇이냐 물어본다면

'안 괜찮은데 괜찮다고 해 보다'
라는 가제로 글 몇 편을 썼던 적이 있다.
상처 없는 사람 어디 있겠냐만은,
드러내려니 엄두가 나지 않고
가만히 두려니 죽을 것 같아서
내 상처 중 일부분을 자연이나 물건에 의인화시켜 보았다.
해결되지 않은 아픈 감정들을 괜찮다고 억지로 다독거리다
2주일 정도 앓았던 걸로 기억한다.
안 괜찮은데 괜찮다고 해야 하는 쓰라림에는
'아빠'라는 존재도 포함되어 있었다.

종이 인형과 검은 봉지의 마음

겸손의 대명사인 검은 봉지가 오늘은 자신의 짜증스런 감정을

여과 없이 드러냅니다.

"도대체 너희들 뭐야? 너무 똑같이 생겼잖아! 아니, 하나만 실려 왔음 됐지,

다른 애들은 뭐 하러 따라온 거야?"

저희는 검은 봉지가 왜 이렇게 짜증을 내는지 모르겠어요.

어떤 아저씨가 똑같이 생긴 저희를 열 장이나 샀고,

주인 아주머니가 검은 봉지에 저희를 넣어 주셨고,

그래서 어리둥절해 하며 아저씨네 집까지 오게 된 것뿐이거든요.

봉지가 계속 부스럭거리며 투덜대는 바람에 제대로 따지지도 못했어요.

예쁘고 귀엽고 깜찍한 게 저희들 컨셉이라 이미지 관리도 해야 했구요.

아저씨의 딸인가 봐요.

저희를 보자마자 좋아하는 눈빛이었는데

봉지 안에서 똑같이 생긴 것들이 자꾸자꾸 나오자 당황하는 기색이 역력하네요.

'얘야, 우리들의 뜻이 아니었단다. 네 아빠가 우리를 몽땅 샀다구!

다른 친구들과 같이 오고 싶었는데 말이야. 우리도 어떻게 된 일인지 모르겠어.'

그런데 저희의 한숨보다 더 깊게 느껴진 건, 검은 봉지의 침묵이었어요.

한쪽에 널부러져 있는 봉지가 갑자기 불쌍해 보였어요.

곧 죽을 것 같은 표정과 몸짓으로 꼼짝도 하지 않았어요.

검은 봉지는 왜 자꾸 짜증을 부렸을까, 궁금해졌어요.

가만히 생각해보니, 검은 봉지는 '가족'과 '행복'이란 단어에 민감했었어요.

저희가 지내던 가게에서 손님이

"우리 딸 가져다 주려구요."

라고 말하거나

"아들, 이거 사고 외식하러 가자."

라고 말하면

검은 봉지는 유난히 투덜거렸거든요.

쭉 그래왔어요.

검은 봉지에게 가족은 그리 따스한 존재가 아니었나 봐요.

무슨 사연인지는 모르겠지만, 부러움을 짜증으로 표현하면서

눈물을 감추려고 했던 것 같아요.

글쎄요. 저희라고 아픔이 없겠어요.

쉽게 찢어지고 쉽게 버려지고 쉽게 잊혀지고.

생명력과 역사는 검은 봉지가 저희보다 훨씬 더 길 거예요.

상황과 종류가 다를 뿐

상처는 누구나 가지고 있는 게 아닐까요?

그래서 저희는 저희끼리 힘을 합쳐 예쁘게 짧게 살다 가기로 했어요.

언제 죽을지 모르니 사는 동안만큼이라도 귀엽고 깜찍하게, 그렇게 말이죠.

지금처럼 말이죠.

20년이 다 되어 가는데,

아빠는 늘 내 가슴을 찢어놓는다.

'가슴을 찢어놓는다'는 말보다 더 적당한 표현이 생각나지 않는다.

2년이 다 되어 가는데, 아빠는 전화 한 통 없다.

'전화 한 통 없다'는 말을 하기 전,

내가 먼저 아빠에게 전화할 생각은 없다.

가족을 버린 당신 죗값을 '큰딸의 무소식'으로 치렀음 한다.

당신의 눈이 침침해져 글자를 못 읽을 때가 되면 이 책을 내밀 것이다.

'큰딸이 작가였다'는 희소식을 아무에게도 자랑치 못하도록 말이다.

당신의 귀가 어두워져 내 말을 못 알아 들을 때가 되면 말할 것이다.

당신 생각이 날 때마다 나는,

생식기가 찌릿 거릴 만큼 울었다는 사실을 말이다.

만약에, 만약에 당신이,

나에게 마지막 소원이 무엇이냐 물어본다면…….

당신이 버렸던 가족과 똑같은 티를 맞추어 입고 함께 사진을 찍을 것과

똑같은 종이 인형 열 장을 사줄 것을 바라고 있었다, 말하겠다.

욕망

외롭고 그리고 위대한

미치도록 좋은 글을 쓰고 싶다.

사람들이 환호하는 글을 쓰고 싶다.

마음만큼 글이 써지지 않을 때는 1년 전에 끊었던 항우울제를 먹는다.

어떤 이는 "뭘 그렇게까지"라며 피식, 했지만

죽음으로 증명할 수 있다면 나의 간절함을 눈으로 보여 주고 싶다.

새벽 1시에 잠이 깨어 습관적으로 들여다 본 인스타그램.
피드를 올린 지 2시간 만에 하트 모양 클릭 수천 개가 훌쩍 넘는
베스트셀러 작가가 올린 글이었다.
6개월 전이었다면 배부른 소리하고 있다 욕을 했을 텐데,
지금은 유명 작가의 고통이나 무명작가의 고통이나
고통의 성질은 주관적인 것이라,
각자가 짊어지고 있는 고통의 무게는 어느 누구도
함부로 가늠할 수 없음을 가슴 한구석에 숙성시켜 놓았다.
나도 하트 모양을 누른 뒤 다시 잠을 청했다.
아…….
이 분의 침묵 같은 글이, 사자후 같은 글이 잊혀 지지 않았다.

수천 번의 투고, 수백 번의 거절 답장, 15건의 출간 계약,
그래도 변하지 않는 18평의 집, 아들 셋,
좋아요 30개가 넘지 않는 피드,
무명작가의 꽤 많은 울컥거림으로
'마음이 더 망가지면 글 따위, 너도 버릴 것이다.'
써 보기도 했습니다.
유명의 고통이든 무명의 고통이든 고통은 각자의 몫이자
우리 모두의 몫이기에 감히 한마디 올려 드립니다.
작가님, 토닥토닥.

욕망도 시기가 있다.

글을 쓴다는 행위의 의미,

작가의 신념,

타인의 시선을 어느 정도 견딜 수 있는지 짐작 가능한 마음 상태,

반 뼘 정도 쌓인 원고와 노트,

컴퓨터 바탕화면 3분의 1을 차지하고 있는 한글문서들,

'작가가 되었다'가 아닌 '작가로 살고 있다'가 어울리는 순간,

이 모든 것들을 대하며 한 번씩 울어 본 사람에게만 자격이 주어진다.

사람을 홀리는 글을 쓰고 싶다는 욕망,

베스트셀러 작가가 되고 싶다는 욕망을 가져도 되는 자격 말이다.

이러한 욕망 자격증을 취득한 사람은 시간이 지나면 어렴풋이 알게 된다.

작가의 양가감정은 삶의 양가감정과 닮아 있구나,

이 또한 이겨냄보다 받아들임이 지혜로운 처사구나.

그냥 인정하는 것이다. 적당한 선에서 적당한 욕망을.

우리 엄마들은 삶의 고단함이 최적의 글감인 존재가 아니던가.

그대가 내 글에 조금이나마 공감하게 되었다면

그대는 이미 작가의 피가 흐르고 있는,

외롭고 그리고 위대한 사람일 것이다.

타인의 말

그냥 그 날 그 날

"'아줌마가 대통령이 되어야 하는 12가지 이유'라는 제목으로 글을 써 보세요.

자극적인 소재가 필요해요."

내 책 판매량이 부진하자

모 출판사 대표님이 출판사가 망할 거라는 생각은 안 해 보았냐는 이야기에 이어

나에게 제안하셨던 말씀이다.

글을 쓴 작가도, 책 출간을 한 출판사도 책 판매량이 저조하다면

서로에게 미안해 할 일이지, 어느 한 쪽 탓을 할 일은 아니라고 본다.

그리고 나는, 약 40년을 살아오면서 대통령을 꿈으로 생각해 본 적이

1초도 없다.

우리나라의 밝은 미래를 위해 바꿔 나가야 할 제도나

정치적 분위기에 대해서도 말이다.

이런 내가, 무슨 수로 '아줌마가 대통령이 되어야 하는 12가지 이유'라는 제목으로 글을 쓸 수 있겠는가.

"너무 개인적인 이야기예요. 유명 작가의 에세이도 성공하기 힘든 판에, 무명작가의 에세이는 어떠할까 걱정스럽습니다."

내 필력이 좋고,
글이 흥미롭게 잘 읽힌다는 말에 이어
또 다른 모 출판사 대표님께서 해 주신 피드백이다.
출판사 입장에서는 이익의 경중을 최우선적으로 생각할 수밖에 없다는 것,
한 숟가락만큼 이해한다.
그리고 동참할 수는 없다.
나는, 내 삶의 이야기를 쓰고 타인 삶의 이야기를 읽는 작가이기 때문이다.
개인적인 이야기를 풀어 쓰는 도서 분야를 '에세이'라 하는 거고(네이버 지식백과에는 에세이를 '개인의 상념을 자유롭게 표현하거나 한두 가지 주제를 공식적 혹은 비공식적으로 논하는 비 허구적 산문 양식'이라 정의내리고 있다).

"계약하려고 전화 드렸어요. 혹시, 계약하셨나요?"

그 후 나는, 내 원고 일부만 보고도 계약을 하고 싶다는 출판사를 만났다.
내가 무명작가임을 모르시나, 먼저 솔직히 말씀을 드렸다.
인맥도 스펙도 돈도 없다.
대형 출판사와 계약했었는데 9개월 만에 취소를 하더라.
책이 안 팔리면 작가인 나에게 하소연하는 출판사 때문에 스트레스다.

구구절절 말이다.

이어서 전해주신 깔끔하고 프로 같은 답변은 이러했다.

"계약을 하고 나면 취소하는 일은 없습니다. 메일로 계약서 보내 드리겠습니다."

정리하자면,

내 글이 신경림 작가님만큼 독특하다고 칭찬해 주셨던 출판사는

책 판매량이 부진하자,

출판사가 본 적자의 금액까지 이야기하셨다(이 출판사에는 이제 투고를 하지 않는다).

어차피 무명작가인데 앞으로 출간될 책의 권수를

프로필에 넣을 필요 없다고 직설화법을 쓰셨던

또 다른 출판사는 책 판매량과 상관없이

다이어리까지 제작하여 이벤트를 만들어 주셨다.

그리고 작가인 나에게 단 한 번도

책을 좀 사 주세요, 책이 팔리지 않아요, 이벤트 홍보해 주세요,

라는 부담스런 관심을 표현하지 않으셨다.

우리는 무엇을 쓰고 싶어 하는 것인가, 그리고 무엇을 써야 할까.

이러나저러나 될 건 되고 안 되는 건 안 되는 것이니,

그냥 그 날 그 날 손 가는대로 마음 가는대로 쓰다 보면,

어느 순간 알게 되지 싶다.

쓰.다.보.면.어.느.순.간.

전업주부

81년생 빨강머리 앤

흰 머리카락 4올을 1분 만에 다 뽑아내었다.

자세히 보니 연하디 연한 갈색 머리카락이

마지막 잎새의 간절함을 흉내 내며 흰색이 되지 않겠다,

버둥거리듯 섞여 있었다.

내 나이 마흔.

누구나 싱숭생숭해진다는 마흔을

싱숭생숭한 흰 머리카락들과 함께하고 있다니.

평범한 진리가 나에게도 찾아오다니.

'생계 유지'와 '현실 도피'라는 아이러니한 이유 두 가지로

15년을 워킹맘으로 살면서 아들 셋을 방목하다가 이젠 전업주부가 되었다.

또한 약 3년 정도 작가로 살면서

15권 분량의 글을 썼다(15년 워킹맘과 15권 원고. 쌍둥이도 아니고. 음, 맞나?).

변한 건 장남 고추에 털이 났다는 것(화장실에 아무도 없는 줄 알고 문을 열었다가 본의 아니게 2초 정도 보게 되었다),

변하지 않은 건 하루에 한 번씩 밥솥의 취사 버튼을 눌러야 된다는 것과

정체성이 모호한 무명작가라는 것.

정말 드럽게도 안 변한다.

빨강머리 앤처럼 '예쁘지는 않지만 사랑스러운'

취사 버튼과 무명작가가 되려면

사향고양이 똥으로 만든 르왁 커피 한 잔과 함께

고흐의 '별이 빛나는 밤'을 벽에 걸어 두고

윤동주의 '서시'를 읊조릴 수 있는 마음의 여유와

돈의 여유가 있을 때 가능한 일이 아닐까 싶다.

생각대로 되지 않는 세상은 설렌다는 둥,

기대하지 않는 것보다 실망하는 것을 선택하겠다는 둥,

빨강머리 앤의 말에서 뜬구름은 잡힐 기미가 보이지 않는다.

아니, 지가 아무리 만화 속 주인공이라지만

웃으면서 입모양으로 "씨발"이라 해 봤나, 자식들한테 가방을 던져 봤나,

"무명작가의 에세이, 자꾸 투고하셔도 소용없습니다."

라는 말을 들어봤나.

빨강머리 앤의 미소에 우쭈쭈를 보내고 있던 찰나,
빨강머리 앤으로 살고 있었던 나의 10년 전,
부처님 오신 날에 우리 엄마가 했던 말이 생각났다.
"뭐? 작가 한다고? 뜬구름 잡는 소리 마라."
빨강머리 앤의 뜬구름은 진즉에, 나에게도 있었다.

뭔가에 홀린 듯했다.
3년 전, 직장 일을 하면서도 40일 동안 새벽 4시에 일어나
10포인트 글자 크기로 한글문서 2페이지 반을 써댔다.
매일매일, 하루도 빠짐없이.
일어나기 직전인가 글쓰기 직전인가 난 작가가 될 거야,
난 작가가 될 거야, 중얼거린 것 같기도 하다.
그리하여 240페이지 책 한 권 분량의 글을 완성했고
3주간 투고 후, 나는 작가가 되었다.
그러나 '작가가 된다'와 '작가로 살다'는 차원이 다른 세계다.
글 쓰는 사람들은 안다.
뻘짓도 뻘짓도 이런 뻘짓이 없는데 또 글을 안 쓰고 있으면
뇌, 속눈썹, 코딱지, 목젖, 뱃살, 방귀, 발가락
나의 모든 것들이 대신 글을 쓰고 있음을 느끼게 된다.
신 내림 같은 거다(남편이 교회 사역자입니다. 그렇습니다).

팔팔할 때 팔딱거리던 나의 꿈은
아내가 되어 남편 셔츠처럼 구겨졌고
엄마가 되어 프라이팬에 생선과 함께 구워졌지만 결국엔 현실이 되었다.
또 결국엔 '작가' 앞에 '무명'이란 구체적 단어가 붙여져
'꿈은 이루어진다'에 짝!짝!짝!짝!짝! 박수를 칠 수 없게 되었기도 하다.
글 따위 너도 버릴 것이다, 영혼이라도 팔아야 되나,
라는 생각들이 엉켜 빨강머리가 아닌
검정머리를 한동안 쥐어뜯으며 살았다.
그런데 우연처럼 필연처럼 보게 된
'빨강머리 앤이 되어 누군가에게 위로와 공감, 감동을
선사하는 이야기 쓰기'라는 글은,
마음에서 간신히 살고 있는 희망 반딧불이가
홍삼과 시금치를 먹은 것처럼 내 심장을 제멋대로 뛰게 했다.

나의 빨강머리 앤은 81년생.
숏커트에 흰 머리카락이 어렵게 보인다.
무슨 사자성어도 아니고 '아들셋맘', '전업주부', '무명작가'라는
타이틀을 가지고 있다.
아, 뱃살을 두 손으로 쓸어 모으면 썩은(먹는) 배처럼 보이기도 한다.
허벅지 사이즈는 남편보다 더 하며
오른팔이 일주일에 서너 번 정도 저려온다.

2020년 겨울과 봄 사이인 오늘,

뜬금없이 '가을이다, 부디 아프지 마라.' 시구가 떠오른다.

'가을이다'와 '아프지 마라.'

조금만 상관있는 듯한 말들 사이에 끼여 있는 '부디'라는 단어가 눈에 띈다.

불투명하고 불안전하고 불균형스럽다.

가을과 아픔 사이에 있기에는 위치도 뜻도 눈치가 없다.

꼭, 뜬구름 잡는 말들만 하는 빨강머리 앤처럼,

꼭, 마흔의 전업주부이자 무명작가이면서

또 다른 꿈을 꾸고 싶은 나처럼 말이다.

그러나 눈치없는 부조화 속에서 진심이 선명하게 전해지기도 한다.

나는 뭐, 엄마인 나는 뭐, 그, 어, 무명작가인 나는 어,

베스트셀러 작가 되지 말란 법이 있나!

엄마들은 뭐, 마흔이라고 해서 어, 주부라고 해서,

다시 꿈을 가지지 말란 법이 있나! 있냐고!

주부가 꿈을 갖는 건 불투명하고 엄마가 꿈을 갖는 건 불안전하고

무명작가가 꿈을 갖는 건 불균형스러운 일이나…….

81년생 주부들이여, 81년생 엄마들이여, 81년생 작가들이여.

부디 아프지 말기를, 부디 꿈을 꾸기를.

내 맘대로 살 수 있는 현실과 상황의 가짓수는

마흔이 넘어가면서 점점 더 줄어들 것이다.

늘어나는 건 갚아야 되는 빚,

흰 머리카락과 억울함뿐일 텐데

미리 꿈을 버리는 건 불투명한 미래에

불안전과 불균형을 더해주는 격이 된다.

원래 이런 멋진 말은 세상에서 끗발 날린 후에 해야 하는 건데,

나쁘지만은 않다.

'부디'라는 단어처럼 눈치없이 두 주먹 불끈 쥐는

내가 더 진실 되게 보일 거라는 확신이 있다.

81년생 주부들이여, 81년생 엄마들이여, 81년생 작가들이여!

부디 아프지 말기를,

부디 꿈을 꾸기를,

부디 다시 한 번 더 일어서기를!

워킹맘

여기까지 잘 오셨습니다

불나방.

내 기질이다.

삶을 걸어가며 보게 되는 아름다운 경치들과 소소한 깨달음보다,

빨리 정상에 올라 남들이 다 들을 수 있도록

"야호!" 외치는 것을 더 가치있게 여기는 결과 지향 주의자.

각 지역마다 강의장 세팅을 하고 강의를 하는 것이

주된 업이었던 터라 1박 2일, 2박 3일 출장이 많았다.

2박 3일 출장은 쥐약이었다.

목 금 토, 일을 마치고 토요일 밤 10시를 훌쩍 넘어 집에 오는

나에게 스트레스 최강 펀치를 날려주는 현장이 있었으니 그것은,

시커먼 실내화 3켤레와 변기 여기저기에 묻어 있는 오줌 자국들이었다.
교회 사역자인 남편 또한 토요일이 제일 바쁜 사람이지만,
2박 3일 동안 일하랴 공부하랴 밥하랴 아이들 돌봐주랴
정신이 없었겠지만, 내가 힘들어 뒈질 것 같을 때에는
눈에 콩깍지를 씌어준다는 도파민 호르몬이 쏙 사라졌다.
사회생활하면서 나 자신이 인정받는 것,
노력한 만큼 눈에 보이는 대가로 성취감을 느끼는 것도 중요했지만
이 당시 남편은 신학생으로서 교회 사역자로서
한 달에 받는 월급이 80만 원이었다(80만 원으로 다섯 식구가 한 달 살기 괜찮다 말하는 사람이 있다면, 가만 두지 않겠다).
선택의 여지도 없는 워킹맘의 삶이었다.
나름 살아보고자, 살아내고자
내 업에 의미부여를 하며 버티었던 세월인지도 모르겠다.
음, 맞나 보다. 갑자기 코끝이 찡해지는 걸 보니.

누군가 그랬다.
자신은 살아내는 삶이 아니라 살아가는 삶이 되고 싶다고.
살아내는 삶이든, 살아가는 삶이든,
워킹맘이었던 나는 삶 자체가 눈물 구덩이었다(고통은 주관적인 성격을 띠고 있기에, 타인의 고통과 나의 고통을 비교하며 어느 한 쪽을 과대평가하거나 과소평가하지 않으려 한다. 내가 힘들면, 힘든 게 맞다).

지랄 맞은 나의 기질,

정의내리기 힘든 나의 환경이 맞물려 마음이 자주 덜커덩거렸다.

그래도 아들 셋 잘 키워 보고 싶은 엄마의 본능은 어쩔 수 없었는지

부모교육 책들을 꽤나 읽었다.

답이 없었다.

아들은 저렇게 키우고 딸은 이렇게 키워라,

수학 실력은 초등학교 4학년 때 결정 난다,

7세 이전의 인성이 평생을 좌우한다,

이런 말들은 거부감이 들었다.

모두 제각각인 인격체를 한 카테고리 안에 넣어

기준과 규격에 맞추어 교육해야만 좋은 엄마가 될 수 있다는

이상한 이론들.

한편으론 워킹맘이 가지고 있는 양심의 가책을

조금이나마 줄일 수 있기 위해서는 부모교육 책에 나와 있는 말들을 믿고

행동으로 옮기는 것이 편해 보이기도 했다.

아이들을 향한 주관적인 이론들을 엄마로 바꾸어 생각을 대입해 보았다.

40대 엄마인 당신이 워킹맘이라면

직장에서 적어도 대리는 되어 있어야 한다,

당신이 전업맘이라면 20가지 요리는 할 줄 알아야 된다,

라고 주장하는 사람이 있다면? 무슨 개소리야, 그러지 싶었다.

그 뒤부터 부모교육 책들을 읽긴 읽되,

참고만 하면서 비판적 사고와 함께 내 인생의 경험을 기준 삼기로 했다.

워킹맘이여, 힘내라! 좋다.

다만, 엄마로 아내로 여자로 잊지 말아야 할 것은 '성찰'이라고 생각한다.

엄마, 아내, 여자, 이 모든 존재를 합하면 '사람'이 되고

사람으로서 삶의 우선 순위와 삶의 밸런스를

맞춰갈 수 있는 방법이 성찰이기 때문이다.

때로는 삶의 우선 순위가 바뀔 수 있고,

삶의 밸런스가 한쪽으로 기울어져도

그 또한 삶이고 성찰의 결과가 될 수 있겠다.

살아가면서 그까짓 것이라 할 수 있는,

반대로 대단하다 할 수 있는 게 얼마나 될까.

평범함이 비범함이 될 수 있는 이유이다.

비가 와서 감성이 폭발한 건지 여기까지 잘 살아온 나 자신이, 여러분이

어마어마하게 자랑스러워지는 오늘이다.

"그래, 여기까지 잘 왔어."

내가 좋아하는 말이다.

여러분, 여기까지 잘 오셨습니다.

글이 안 써질 때

좋아요, 꾸욱

낮잠을 잔다.
자는 게 최고다.

영화를 본다.
대사 중에서 글감 재료를 찾겠다는 멋진 명분과 함께(음악 감상도 같은 맥락이다).

'글이 안 써 진다'라고 한 줄만 쓴다.

예쁜 노트와 볼펜을 산다.
끄적거려 보고 싶은 충동이 일어나니까.

서점에 가서
진열대에 깔려져 있는 책표지들을
손바닥으로 스윽 훑는다.
작가만의 의식 같은 거다.

머릿속으로 '시인 놀이'를 해 본다.
화장실 세면대에서 손을 씻으며
'내 손에 묻은 먼지들, 흐르는 물, 너희들의 정체성을 무어라 해야 할까.'
이런 식으로 생각해 보면 은근 재미있다.

글을 쓸 때 좋은 점과
글을 안 쓸 때 안 좋은 점을 써 본다.
결국, 글쓰기 행위다.

책을 읽는다.
그리고 한 번 더 읽게 되는 문장은
옮겨 적는다.

걷는다.
목줄 풀린 개, 으어억 강물소리, 마음에 뿌려지는 바람 한 줌.
보고 듣고 느끼는 모든 것으로 머릿속은 이미 노트와 펜이 되어 있다.

지나간 런닝맨, 무한도전, 1박 2일, 컬투쇼, 웃찾사를 본다.
웃음이 좋다는 거, 반박할 요소가 없다.

커피물을 내린 컵에 얼음을 30개 정도 넣은 후
커피가 차가워질 때까지 조금 기다린다.
얼음 10개를 추가하고 이내 손으로 얼음을 하나씩 건져내어
입 안에 넣고는 와작와작 씹어 먹는다.
글을 씹을 순 없으니.

시간을 정해 놓고
인스타그램이나 페이스북에 짧은 글을 올린다.
누군가에게 나를 보이고 싶은 욕망과
인정의 욕구를 채우기 위해서라도 쓰게 된다.

좋아요,
꾸욱.

감정 : 5문장 쓰기

독자님,

요즈음 마음이 어떠세요?

슬프기도 하고 기쁘기도 하실 거예요.

화 나기도 하고 벅차기도 하구요.

저는, 무기력했다가 이내 호탕하게 웃는 나 자신을 발견하고는 '미쳤네.' 싶기도 했어요.

양가감정.

한때 저를 힘들게 했던 말이에요.

지금은요? 삶 자체가 양가감정이더라구요. 그냥 받아들이기로 했어요. 살짝 미친 것 같은 상대방과 저를요. 뭐, 매번 이해심 넓은 여자가 되는 건 아니지만 제 마음이 평안해지는 시기가 길어졌어요.

아래에는 감정을 나타내는 단어들이 나열되어 있습니다. 요즈음 내 마음을 가장 많이 닮아 있는 감정단어 하나를 찾아 동그라미해 주세요.

감동적인	짜릿한	설렌	기운이 나는	당당한	흐뭇한	뿌듯한
후련한	자랑스러운	고마운	충만한	사랑하는	벅찬	기대되는
안심되는	기쁜	여유있는	홀가분한	고요한	마음이 놓이는	편안한
즐거운	재미있는	상쾌한	행복한	흥미로운	반가운	생기있는
만족스러운	다정한	열정적인	따뜻한	친밀한	몰입하는	친근한

출처 : 느낌모아 카드. 학토재.

이번에도 마찬가지입니다. 아래 감정단어들을 읽으시면서 요즈음 내 마음을 가장 많이 닮아 있는 단어 하나에 동그라미해 주세요.

걱정스러운	궁금한	떨리는	안타까운	당황스러운	놀란	조심스러운
귀찮은	겁나는	불안한	초조한	난처한	창피한	슬픈
우울한	외로운	지친	혼란스러운	암담한	무기력한	피곤한
고민되는	화나는	억울한	답답한	민망한	미안한	서운한

저는 '설렌'과 '걱정스러운' 감정단어를 선택했어요. 제가 선택한 감정단어로 문장을 써 볼게요.

설렘과 걱정. 요즈음 내 마음이다.

독자님도 써 보실까요?
이제 '프리라이팅'을 계속 하시면 됩니다.
지난번엔 3문장 쓰셨으니 오늘은 5문장을 써 볼까요?
봄을 닮은 노트 한 권 구입하셔도 좋겠네요.

느낌과 감정은 글로 표현해야 하는, 글로 다스려 가야 하는 존재의 핵심입니다.

설렘과 걱정. 요즈음 내 마음이다.
아침에 일어나 창문을 열 때마다 "나 왔어요!"라며 봄바람이 살랑거린다.
믹스커피 두 잔을 마신 듯, 이내 가슴이 두근두근.
"아씨, 짜증나!"
둘째 아들의 마음은 아직도 매서운 겨울이다. 내 어깨를 손으로 툭, 꽤나 아프게 치고 지나간다. 입바른 소리를 해야 하나, 침묵을 해야 하나.

Part 3

사랑을 위한 기술

: 어떻게 쓸까?

상대방을 향한 내 감정이 사랑이 맞나 아닌가 고개를 갸웃거리다,
사랑을 확신하는 단계가 되었다고 가정해 보자.
이제는 사랑을 잘 표현하기 위한,
내 마음을 잘 보여주기 위한 조금의 팁이 필요할 것이다.

사랑의 기술(글쓰기 기술)은 사랑하는 대상(작가와 독자)을
빛나게 해주는 수단으로 기능을 하는 것이기 때문에,
기술 자체에만 의미를 두지 않았으면 한다.

사랑하는 사람을 기다리고 있는데
잘 보이고 싶은 간절함 때문에 스트레스를 받거나,
내가 안 예뻐 보이면 어떡하나,
두려움으로 옷매무새를 다듬고 화장을 고치는 사람이 있다면
'안됐다'라는 마음이 들 것이다.
사랑, 기다림, 노력은 진심과 설렘이 어울린다.
글을 처음 쓸 때에는 빨간 장미 한 다발을 닮은 꽉 찬 진심과 열정이,
글쓰기 기술이 필요할 때 혹은 글을 수정하고 삭제할 시점에서는
빨간 장미 한 송이를 닮은 몰입되어진 진심과 정성이 함께하기를 희망해 본다.

목차를 잡기 전, 물음표 4가지

학습 스타일 연구의 시작으로 여겨지는
4MAT(Why → What → How → If)은
교수 설계와 개발을 전문으로 하는 학습이론의 거장 버니스 매카시가
1979년에 개발한 교수방법이다.
학교뿐만 아니라 미국 중앙정부, IKEA, 3M과 같은 글로벌 기업에서
문제 해결과 창조 사고의 도구로 사용되어 왔다.
한국에서는 2013년 삼성전자의 여러 부서에 도입된 이래
대학과 유통, 증권, 병원 등 여러 분야에서 활용되고 있다고 한다.
4MAT은 인간 사고의 흐름에 맞추어져 있는 구조다.
우리가 어떤 일을 시작하기 전에 '왜?(일의 의미, 동기 등)'라는 질문의 답을
생각해 보고,
'무엇'을 하고 배울 것인지 결정할 수 있다.
'어떻게'라는 구체적인 방법을 모색하고,
마지막으로는 '만약'이라는 단어로 미래를 상상하고 적용시켜 보는 것이다.
나 역시 4MAT 방법으로 이번 책 컨셉을 결정할 수 있었다.

또한 한 꼭지(챕터마다의 소제목 하나)를 자연스럽게 쓸 수 있는 방법과도 연결되기 때문에 잘 활용해 보시면 좋겠다.

1 Why : 왜 쓸까?

남편의 뒤통수를 때리고 싶어서,
단 하루만 아이들 없이 혼자 여행하고 싶어서,
친정엄마 때문에 짜증나서,
옆집과 비교되는 집안 형편에 서러워서,
나는 앞으로 어떻게 살아야 될까 도무지 알 길이 없어서.
이는 '엄마'라는 이름으로 살고 계신 분들의
90퍼센트 이상이 가지고 있는 공통된 감정과 고민이 아닐까 싶다.
에세이를 쓴다면 여기에 추가해야 할 부분이 '공감'이다.
신세한탄이나 고해성사로 끝이 나면 일기와 다를 바가 없다.
책 출간을 목표로 글을 쓴다는 것은 읽히기 위해 글을 쓴다는 뜻이다.
독자가 1만 3천 원을 투자해서 책을 사야 할 가치를
'공감'에서 찾을 수 있도록 글을 쓰는 것이 중요하다.
나는 에세이를 4권 쓸 때까지 '뭐, 내가 좋아서 글을 쓰는 건데.
굳이 독자들 마음을 염두 해야 하나?'라는 생각이 강했다.
바닥을 치고 발을 동동 구르고 싶을 정도로 후회되는 이기심이다.
일기는 나만을 위한 글, 책은 나와 독자를 위한 글임을 명심해야 겠다.

2 What : 무엇을 쓸까?

엄마가 글을 쓴다면 공통 키워드는 자명하다.

자녀, 남편, 친정, 시댁, 나.

'가족과 나'라는 테두리 안에서 책 한 권 분량은 거뜬히 쓸 수 있다.

희로애락 감정들이 자연스레 표출될 수밖에 없고 나를 되돌아보자,

사랑으로 하나 되자,

라는 훈훈한 깨달음으로 글을 마무리할 수 있을 것이다.

2챕터에서 소개했던 키워드(또는 챕터 마무리 부분마다 소개해 놓은 '생각이 글이 되는 에세이 수다'를 참고로)를 중심으로 마음껏 써 보자.

글이 형편없다고?

다듬지 않은 글인 초고로 책을 출간한 사람은 이 세상에 단 한 명도 없다.

헤밍웨이가 쓰지 못하고 죽은 글을 지금 우리가 쓰고 있으며,

작가들 사이에 불문율이 있는데 모든 초고는 쓰레기라는 것이다.

일단, 써 놓고 보자.

3 How : 어떻게 쓸까?

글쓰기 관련 책들을 40여 권 가지고 있다.

한 날은 글쓰기 기술 부분만 발췌해서

'작가들이 공통적으로 주장하고 있는 글쓰기 기술'과

'작가들이 각기 다르게 주장하고 있는 글쓰기 기술'을 분류해 보았다.

심심해서 그랬을까,

이런 날이 올 것을 촉으로 알았을까,

왜 그런 작업을 하게 되었는지 이유는 불분명하다.

하여튼 이번 챕터 안에 실어두었다. 하하하!

4 If : 만약, 내 글이 책으로 출간된다면?

만약, 지금 이 글을 쓰지 않는다면?

만약, 내가 작가가 된다면?

만약, 책을 냈는데 욕을 얻어먹게 된다면?

만약, 베스트셀러 작가가 된다면? 등등,

'만약'이라는 단어와 함께 가설을 세워보면

내가 글을 쓰고자 하는 마음을 확고히 할 수도 있고

글의 방향이나 컨셉을 수정할 수도 있다.

대형 출판사와 계약을 하고 난 후

유명 작가와 인지도가 있는 예비작가들에게 밀려 출간일도 밀리다가

결국 계약 취소가 된 적이 있다.

만약, 실망만 하고 투고에 재도전하지 않았다면?

≪울퉁불퉁도 내 마음이야≫

나의 세 번째 책은 예쁜 칼라로 탄생되지 못했을 것이다.

계약을 많이 한 부분이 걸린다며 나의 열정이 겁난다는

초대형 출판사 대표님의 메일을 받은 적이 있다.

만약, 글쓰기를 향한 내 열정을 누그러뜨려야 된다고 믿었다면?

엄마들에게 에세이 작가가 되자고 글을 쓰고 있는
지금의 나를 발견하지 못했을 것이다.
타고난 글재주가 있고 글도 재미있게 잘 읽히지만
유명하지 않은 작가의 에세이가 잘 팔릴지는 의문이라고
피드백하신 고문님이 계셨다.
만약, 글쓰기를 돈벌이로만 여기자고 결심했다면?(100% 선한 진심으로 글을 써도
생활비 걱정 없는 전업 작가가 된다는 것은 매우, 많이, 정말, 너무 힘든 일이지만)
내 하나 남은 진심마저 자본주의에 팔아버리는 저질작가가 되었을 것이다.

만약,
지금 이 글을 읽고 계신 그대가 작가가 된다면?
핸즈 업! 소리 질러욧! 꺄아아아악!

내 인생 나쁘지 않은, 에세이 목차 예시

"내 삶의 이야기가 과연 책이 될 수 있을까요? 뭐 볼 게 있다고……."

예비 작가님들의 십중팔구가 조심스레 물어오는 고민거리이다.

나의 폼 나는 답변은 이러하다.

"내 삶을 판단할 자격, 누가 있을까요?

작가님만이 쓰실 수 있는 글입니다.

최고의 컨텐츠죠."

지금까지 나는, 부모교육과 글쓰기 특강 후
또는 지인들의 소개로 인연이 된 예비작가님 90여 분께
목차 구성하는 방법을 도와드렸던 경험이 있다.
대부분 마음에 들어 하셨던 목차의 흐름을 토대로
자수성가한 60대 여성을 저자로 설정하여 에세이 목차 예시를 소개해 보겠다.
내 인생, 나쁘지 않다.

Chapter 1 그 겨울, 그 결심

잊기 힘든 과거의 일부분이나 저자의 성격을 나타낼 수 있는 경험담으로 구성해 본다.

- 최진사 댁 셋째딸이었으면 좋겠다
  → 딸 셋인 집안(오빠는 일찍 죽음)에 막내딸로 태어나 받게 된 설움
- 난, 아빠가 없다
  → 술주정이 심하고 엄마를 때리면서 가족을 돌보지 않는 아빠의 모습
- 엄마의 꽁꽁 언 손, 꽁꽁 언 마음
  → 억척스럽게 자녀들을 키웠지만 애정 없는 엄마의 모습
- 엄마처럼 살지 않겠어!
  → 부모를 통해 형성되어진 상처와 감정을 표현
- '우리 오빠 말 타고 장에 가실 때'
  → 저자가 어릴 적에 죽은 오빠에 대한 어렴풋한 기억
- 일그러진 표정, 일그러진 10대
  → 자유분방한 성격의 저자가 어두운 가정환경을 이기지 못해 방황했던 일들
- 여행이 될 것인가 가출이 될 것인가
  → 가출을 하며 가지게 되었던 양가감정

Chapter 2 그 겨울, 바람이 분다

사회생활을 하며 새롭게 느끼거나 깨닫게 된 부분, 바뀌게 된 생각을 써 본다.

천지에 난무하는 직설 화법자들

→ 사회 초창기 시절, 혼나고 무시당했던 경험

김 부장님이 건네주신 커피 한 잔

→ 다른 사람 없을 때, 저자를 위로해 주었던 상사 이야기

'기숙사'라는 무덤

→ 밤만 되면 고향이 그리워져 이불을 뒤집어쓰고 울다

눈물범벅, 나의 20대

→ 기타, 억울하고 분했던 사회생활 이야기들

보란 듯이 성공하여

→ 여러 가지 어려운 일들을 경험 후, 성공을 결심하다

Chapter 3 그 겨울, 도전하고 실패하고 성공하다

인생의 도전담, 실패담, 성공담

나 다시 돌아갈래!

→ 다시 고향으로 돌아가 조용히 살까, 고민을 하다

두 주먹 불끈 쥐고

→ 고생했던 과거 회상, 도전을 선택하다

평생 흘릴 눈물을 그때 다 쏟았다

→ 여러 가지 일에 도전하고 실패한 이야기

희망이 현실로

→ 결국, 저자가 원하던 모습을 이루어내다

Chapter 4 그 겨울, '진짜 나'를 발견했다

나이가 들어감에 따라 형성되어진 가치관을 경험담과 곁들여 쓴다.

→ 저자의 가치관이 되어 준 인성 덕목을 경험담과 함께 소개

- 내 안의 진심을 발견하게 되는, 몰입
- 지금도 세상이 돌아가고 있는 이유, 감사
- 이 상황과 어울리지 않는, 웃음
- 끝까지 놓지 말아야 하는, 희망
- 우리라는 이름으로, 동행

Chapter 5 겨울을 닮았던 내 인생, 나쁘지 않았어

인생 반추, 저자의 포부, 독자에게 전하고픈 메시지를 남긴다.

- 겨울도 사랑합니다
  → 자신의 모든 인생이 귀했음을 깨닫다
- 고개를 끄덕이며
  → 이제 쉬어가며 타인과 세상을 생각해 보려 한다
- 이 세상에 태어난 이유
  → 자신의 인생과 타인의 인생을 연결시킬 수 있는 '희망과 꿈'에 대해 생각하게 되다
- 겨울이 봄이 되는 순간
  → 저자의 인생 이야기가 또 다른 누군가에게 희망이 되길 바란다
- 여러분, 함께하실래요?
  → 저자가 독자에게 전하고픈 메시지(모든 인생은 귀하다, 내 인생이 희망이 될 수 있도록 열심히 살자, 타인과 함께할 수 있는 꿈을 꾸자, 글을 써 보자 등)로 마무리한다

위 예시 목차는 말 그대로 '예시'이기 때문에
반드시 이렇게 구성해야 할 필요는 없다.
참고해 주시고,
챕터를 줄이거나 늘릴 수 있고,
챕터 안 꼭지들 역시 줄이거나 늘릴 수 있다.
또는 yes24, 교보문고 등 온라인 서점의 '에세이' 도서분야를 검색해서
목차들을 훑어보며 전체적인 흐름, 구성, 느낌,
요즈음 트렌드를 알아보는 것도 좋은 방법이다.

제목은 글을 쓰면서 생각나는 대로 써서 모아놓는다.
최종적으로 제목을 결정할 때에는 경험상 출판사와 상의하는 게 좋았다.
시대의 흐름이나 트렌드에 맞게,
조금 더 팔릴만한 책제목을 늘 생각하고 계시는 주체이기 때문이다.
작가 마음에 안 들어서 울고불고했던 책제목으로
대박이 났다는 반전이 일어나기도 한다.

책마다 똑같이 주장하고 있는 글쓰기 기술 7가지

글쓰기 관련 책들을 읽으면서 나름 정리가 되는 부분이 있었다.
작가님들이 공통적으로 제시하는 글쓰기 기술과
저마다 달리 말하고 있는 글쓰기 기술로 나뉘어졌다.
앞으로 더 많은 독서를 하면서 이분법적 카테고리 안에 들어갈
내용들이 조금 달라지거나 보태어질 수 있겠지만,
지금까지 정리한 부분에 내 생각을 덧붙여 보고자 한다.
1부터 7까지 내용은 작가님들이 공통적으로 제시하고 있는
글쓰기 기술이다.

1 짧게 써라

나 역시 동의하는 내용이다.
문장의 길이가 길어지면 주어와 서술어가 맞지 않을 때도 있고,

무얼 말하고자 했는지 글을 쓰는 내가
잊어버리게 된 경험을 해 보아서이다.

2 부사는 최대한 줄여라

부사는 용언 또는 다른 말 앞에 놓여 그 뜻을 분명하게 하는 품사로서
종류는 매우, 항상, 철썩철썩, 과연, 요컨대, 아주 등등이 있단다
(≪강원국의 글쓰기≫ 184쪽에 부사의 종류를 쪼개고 쪼개어 소개해 놓은 글을 보았다. 필요하신 분은 참고 바란다).
부사는 문장을 화려하게 꾸며주는 역할을 하지만
애매모호한 표현들이라 줄여서 쓰는 게 좋다고 가르쳐 주고 있다.
빠르면 얼마만큼 빠른지, 예쁘면 어떻게 예쁜지,
아주 맛있다는 건 무슨 맛인지 구체적인 묘사와 비유로
표현하는 게 좋다는 뜻이다.
예를 들어 생각해 보았다.

매우 빨랐다.

→ 우사인 볼트가 힐끗 쳐다볼 정도였다.

항상 예뻤다.

→ 그 아이를 만날 때마다 "너 화장품 뭐 쓰니?"라고 물어보고 싶었다.

아주 맛있었다.

→ 된장찌개를 한 입 떠먹는 순간, 열 살 때 장에서 보았던 초록색 나물들이 생각났다.

글은 읽히기 위해 쓴다. 글을 읽어주실 분은 독자이다.

그렇다면 독자가 읽기 편하고 이해하기 쉽도록 글을 써야 하는 것은 작가가 책임져야 할 부분 중 하나다.

3 주어를 명확히 하라

어린이집 초보 교사 시절 때 이야기다.

주임 선생님이 "오전에 봤던 그것 좀 가지고 오세요"라는 지시를 했었다.

주임 선생님 머리에는 자신이 원하는 물건 하나가 들어가 있었고

내 머리 속으로는 오전에 내 눈을 스쳐 지나갔던

커피 박스, 쓰레기봉투, 화분, 우편물, 복사물 등이

한꺼번에 스캔되어 들어왔다.

"네." 대답을 하고는 내가 기억해낸 물건들 중에서 세 개를 가져다 드렸다.

세 개의 물건 중, 주임 선생님이 찾고 있던 '그것'은 없었다.

어떤 물건인지 명확하게 지시하지 않았던 주임 선생님도,

못 알아 들었는데도 다시 질문을 하지 않았던 나도,

스스로의 잘못을 이야기하며 애매한 미소를 지었다.

4 문장을 끝맺는 표현은 다양하게 써라

동의하는 말이다.

똑같은 표현으로 문장을 마치면 어색할 것이다.

글 전체 느낌이 가벼워질 것이다.

노력하지 않는 작가로 비춰질 것이다.
딱딱해 지는 것이다. 것이다, 것이다, 것이다.

5 퇴고, 하고 또 하라

글은 다듬으면 다듬을수록 내용이 매끄럽고 정교해지지만,
집중과 반복의 비율을 잘 맞추어야 한다.
퇴고를 할 때에는 집중해서 하되,
기한을 정해 놓지 않으면 끝이 없다.
집중력이 흐트러졌는데 퇴고에 들인 시간의 양으로만 승부하려다,
전하고픈 메시지가 산으로 바다로
전국 일주를 하고 있는 글들을 심심찮게 봤다.
고기 잡으려고 낚싯대 챙겨 집을 나섰는데
산 정상에 올라 "야호!"라고 외치며 스스로 뿌듯해 하는 모습,
우습지 않은가.
메사추세츠 대학 애머스트 캠퍼스의 피터 엘보 교수가 말씀하신
'퇴고의 시기'가 문제일 수도 있다.

"때 이른 퇴고는 여러 면에서 비생산적이다. 실수를 발견하고 교정하려는 마음가짐이 되면 새롭고 흥미로운 아이디어를 떠올리는 데 애를 먹기 마련이다.
아이디어를 펼치기도 전에 실수를 발견하고 피상적인 차원에서 바로잡고 고치려는 행위 때문에 사고 과정에서 주의가 분산된다."

6 내가 쓴 글을 소리 내어 읽어보라

내가 쓴 글을 내 목소리로 직접 들어본다는 것이

낯 간지러워 하지 않고 있었던 가르침인데,

이거 진짜 효과가 있었다.

왠지 어색함이 느껴졌던 문장,

어디를 수정해야 할지 몰랐는데 소리 내어 세 번 읽어보니 딱! 알겠더라.

7 책제목은 맨 마지막에 정한다

나는 책제목을 후회 없이 결정하기 위해 글을 쓰는 중간중간,

이 제목 저 제목을 쭉 써서 모아놓는다.

예전에는 내가 만든 책제목이 마음에 쏘옥 들어서,

어렵게 찾은 단어 하나 버리기 아까워서

더 이상의 제목을 생각하지 않으려 했는데

지금은 (책표지도 마찬가지) 내 마음에 드는 거,

크게 개의치 않는다.

어떻게 하면 독자들 눈에 띄는 제목이 될까,

어떻게 하면 글의 내용을 잘 표현해 주는 제목을 선택할 수 있을까,

효율적이고 실질적인 면에 신경을 더 쓰고 있다.

그래서 출판사가 제안하는 제목이 더 좋다는 판단이 들면

10초 안에 설득되기도 한다.

가슴으로 쓴 내 글, 팔려야 될 것 아닌가.

책마다 다르게 주장하고 있는 글쓰기 기술 6가지

이번 글에서는 책마다 달리 말하고 있는 글쓰기 기술을 모아 보았다.

서로의 생각이 다른 것뿐,

누가 옳고 누가 틀렸다는 이야기가 아니니

그대의 생각도 취사선택해 보시길 바란다.

1 글쓰기 능력은 타고 나는 것이다 vs 많이 쓰면 쓸수록 언젠가는 잘 쓸 수 있는 것이 글쓰기다

나는, 글쓰기 능력은 타고 난다는 의견에 60퍼센트,

글을 많이 쓰면 쓸수록 실력이 향상된다는 의견에 40퍼센트 생각을 건다.

입이 쩍 벌어지는 능력을 가지고 있는 사람들을 보면

노력과 함께 타고난 기질이 아니고서는

저럴 수 없음을 생각하게 된 적이 한두 번이 아니라서 그렇다.

그리고 책을 여러 권 냈다는,
작가로서 자부심도 있는 사람을 스쳐 지나가게 되었는데,
주어와 서술어가 맞지 않는 문법,
주어가 생략되어져 있는 문장,
전하고자 하는 메시지가 무엇인지
파악이 안 되는 글들을 읽으며 속상했던 경험이 있다.
글은 쓰면 쓸수록 반드시 실력이 향상된다고 철석같이 믿고 있던 나였는데,
자존심이 상할 정도로 다듬어지지 않은 글을 보고는
생각이 확! 바뀌게 되었다.
글쓰기 능력이 타고 나는 것이든 노력해서 될 일이든
작가로 살아가는 사람은 실력을 키워가는 공부(독서, 필사, 마음에 드는 문장을 재창조 해보기, 교정과 교열 연습, 단어 뜻 찾아보기, 강의 동영상 들으며 녹취하기, 신뢰할 만한 지인에게 내 글 피드백 받기 등)를 끊임없이 해야 한다.

2 왜 글을 쓰는지 고민해야 한다 vs 그냥 써라

이는, 시기적인 문제라고 생각한다.
처음 글을 쓰는 사람에게 글쓰기는 질보다 양이다.
잠재되어 있는 나의 가능성,
나의 삶의 재료들이 눈으로 보여 지려면 쓰고 쓰고 또 써야 한다.
그러다 보면,
스스로에게 던지는 질문이 바뀌어지는 시점을 맞이하게 된다.

막, 그냥, 무작정, 아무 생각 없이 쓰다가 어느 순간!
'나는 왜 글을 쓰는 걸까?'라는 철학적인 질문 하나가 쏘옥, 고개를 내민다.
그때 나는, 독자의 니즈는 무엇일까,
죽을 때까지 글을 쓸 수 있는 작가만의 신념은 무엇일까,
에 대해서도 생각하게 되었다.

3 초고, 너무 마음 써서 쓰지 마라 vs 초고를 쓰면서도 신중하라

나는 초고를 쓸 때 딱, 한 가지만 생각한다.
진심인가.

4 첫 문장에 공을 들여라 vs 자연스레 써 나가라

나는 첫 문장보다 마지막 문장에 공을 더 들이는 편이다.
끈기 없던 내가 글쓰기를 하면서 "대단하다."
평을 듣게 된 것에 대한 감사 의식이기도 하고,
마지막이 진국인 사람으로 남고 싶은 바람이기도 하다.
'첫 문장을 어떻게 쓸까?' 고민하는 시각에
'첫 문장을 어떻게 쓸까?' 글을 써 보는 것을 추천한다.

5 글의 재료를 먼저 찾아라 vs 일단 써라

이성과 감성의 조화가 끗발 날리는 글을 써 보고 싶어 글의 컨셉을 정한 후,
한 꼭지를 쓰기 전 글감을 모아보았던 적이 있다.

브레인스토밍처럼 생각나는 대로 써 보기도 했고,

주제와 관련된 카테고리 제목을 여러 가지 정한 후,

카테고리 안에 들어갈 단어들을 수집해 보기도 했고,

나뭇가지 모양처럼 한 가지 단어를 가지고

이어지는 질문 거리와 글감들을 나열해 보기도 했다.

내 스타일도 아니었고 글쓰기 전에 지쳐버려서 관두었다(추풍낙엽 쓸 듯, 글의 재료들을 끌어 모아야 하는 도서 분야도 있다).

하지만 자신에게 맞는 글쓰기 스타일과 방법을 발견하기 위해서는 할 수 없다.

많이 써 보는 수밖에.

6 시대가 원하고 있는 글을 써라 vs 내 삶의 이야기를 써라

"산티아고 순례길에 다녀온 사람들은 너 나 할 것 없이

순례 여정을 담은 글을 투고한다. 실제로 정말 많다.

그런데 더 놀라운 것은 내용도 메시지도 다 똑같다는 사실이다.

이유는 간단하다.

누가 읽을지는 생각지도 않고 자기감정에 침잠해 버렸기 때문이다.

중요한 건 자기만의 관점과 감정을 충실히 드러내되

그것이 어떤 방식으로 차별화되느냐에 있다."

- 정상태. 출판사에서 내 책 내는 법. 유유-

내 삶이 트렌드가 될 수 있도록 잘 살아가면서

세상과 연결성을 잃지 않음이 중요한 것이라고 해석해 본다.

좋은 문장이란?

어떤 마음으로, 어떤 이유로 시작했든
내가 쓴 글을 고쳐보고자 하는
의욕이 생긴다는 건 좋은 일이다.
고개를 갸우뚱하는 문장을 만나게 되었다는 것은
그만큼 글을 보는 안목이 넓어지고 깊어졌다는 뜻이기도 하다.
내 글을 좋은 문장으로 다듬기 위해
같은 문장을 반복적으로 읽다 보면,
어느 순간 한계와 스트레스를 느끼게 된다.
이 세상에 '완벽'이라 말할 수 있는 것이 과연 얼마나 될까.
'완벽'이라는 기준 또한 지극히 주관적이다.
문장 다듬는 일은 세상 종말이 와도 마칠 수 없는, 끝이 없는 일이다.
그러니, 좋은 문장을 만들기 위해 노력하는 과정들을
여유로움과 함께 즐겨봤으면 한다.

우선, 문장이란 내 생각을 표현하는 도구임을 알아야 한다.
그러므로 문장이 어색하거나 마음에 안 든다는 것은
글의 주제에 대한 내 생각이 아직 정립되지 않았기 때문일 수도 있다.
문장을 고치기 전, 내가 글에서 전하고자 하는 메시지가 무엇인지
생각을 되돌아보고 다듬어가는 과정이 우선시되어야 하는 이유이다.
어색한 문장이 되는 또 다른 이유는 독자가 입을 떡! 벌릴만한
글을 쓰고 싶다는 욕망이 과한 나머지,
꾸며주는 표현에만 집중하여 결국 앞뒤 말이 안 맞는
구성이 되어버린 경우이다.
파란색 아이 섀도우, 주황색 볼터치, 빨간 립스틱을 한 듯한 글은 독자도 안다.
민낯에 슬리퍼를 신고 포장마차에서 만난 친구에게
소주 한 잔 얻어 마시며 내 생각을 털어놓듯이,
표정과 어깨에 힘을 뺀 글을 써 보면 좋겠다.

문장의 기능은 읽히는 것이다.
즉 어느 누가 읽어도 이해할 수 있고
오해의 여지가 없는 문장이 좋은 문장이다.
이도 저도 안 되면 무조건 짧게 써 보자.
쓰고 쓰고 쓰고, 삭제하고 삭제하고 삭제하는 것도 괜찮은 방법이다.
좋은 문장을 만들 수 있는 포인트는 넘치는 지식이 아니라
변하지 않는 진심임을 잊지 말고.

좋은 문장을 위해 참고하면 유익한 책

→ 강원국. 강원국의 글쓰기. 메디치미디어.

→ 김은경. 내 문장은 어디서부터 고쳐야 할까? 호우.

→ 김은경. 에세이를 써보고 싶으세요? 호우.

→ 정혜윤. 작가를 위한 집필 안내서. SISO.

→ 김정선. 내 문장이 그렇게 이상한가요? 유유.

→ 브랜던 로열. 탄탄한 문장력. 카시오페아.

→ 고가 후미타케. 작가의 문장수업. 경향BP.

책 한 권 분량,
한 꼭지 분량

A4 종이 사이즈, 160% 줄 간격, 10포인트 글자 기준으로
62페이지를 써서 책으로는 300페이지 넘는 책을 출간해 보았고
동일 기준 100페이지를 써서 책으로는 230페이지 되는 책을 출간해 보았다.
어떻게 이럴 수 있는가.
정답은 책의 전체 크기, 내지 구조에 있다.
예전에는 230페이지 정도의 책 분량이 기준이었고
책 크기도 어느 정도 규격화되어 있었다.
이제는 150페이지가 되지 않는 만 원짜리 책이 나오기도 한다.
가로 14센티미터와 세로 21센티미터의 크기,
230페이지 분량의 책을 쓰려면 들어가는 글부터 마치는 글까지
모두 포함해서 100페이지 정도 쓰면 된다(A4 종이 사이즈, 160% 줄 간격, 10포인트 글자).

A4 종이 100페이지 쓰는 것이 아직은 무리다 싶으면,

60페이지 정도 쓰는 것도 좋다.

앞에서 언급했듯,

책의 전체 크기와 내지 구조에 따라

책의 페이지 수와 두께는 문제되지 않는다.

이에 따라 한 꼭지 분량 역시 글의 주제와 특징에 따라 달라질 수 있다.

A4 종이에 2페이지 반을 쓴 한 꼭지도 있고,

반 페이지를 쓴 한 꼭지도 있다.

어떤 글쓰기 책에서는

꼭지마다의 분량을 비슷하게 써야 내지 틀을 잡는 데 어려움이 없다고 했는데

내가 15건의 출간 계약을 할 동안,

꼭지마다의 분량을 조절해 달라고 부탁한 출판사는 한 군데도 없었다.

분량을 채우기 위한 글쓰기보다,

작가의 진심과 독자의 니즈를 채우기 위한

글쓰기를 하면 좋겠다.

글쓰기,
직장일 하듯 집안일 하듯

나는, 글쓰기를 내 것으로 만들기 위해,
작가의 삶을 선택하기 위해,
두 가지 마음으로 글을 썼다.

첫째, 글쓰기를 직장일 하듯 하자.

이는 습관과 맞물린, 나에게 걸던 주문 같은 거였다.
혹시 출근길이 막 설레고,
오늘은 어떤 일이 나에게 주어질까 기대가 되는
이상한 직장인이 있는지 모르겠다.
직장일은 해야 하니까 하는 거다.
그래서 주어진 시간에 주어진 업무를 습관적으로 하는 거고.
나는 오전 시간에 습관적으로 책을 읽고 습관적으로 글을 쓴다.
글쓰기를 직장에서 해야 하는 일이다,
라고 생각하면 마음이 편해진다.

둘째, 글쓰기를 집안일 하듯 하자.

설거지와 빨래를 잘 한다며 자랑하고 돌아다니는 사람을 본 적 있는가.

된장찌개를 기가 막히게 만들어 보고 싶다고

금으로 칼을 만들어 요리하는 사람 없고,

걸레질을 기가 막히게 해 보고 싶다고

비단으로 걸레를 만들어 사용하는 사람 없다.

집안일은 자랑할 성질이 못되는, 여러 생각이 필요 없는 평범한 일이다.

'자이언트 북 컨설팅' 이은대 작가님이 강의 중에

이런 말씀을 하신 적이 있다.

"사람들은 처음부터 '설레는 봄이 옵니다'라는 글을 쓰고 싶어 해요.

그런데 '봄이 옵니다'를 10번 정도 쓰고 나면

'설레는 봄이 옵니다'를 쓸 수 있게 됩니다."

작가는 자신을 묵묵히 써 가면서 자신에게 맞는

부사, 형용사, 동사를 찾아가는 사람이다.

책이 출간되고 나서 "나, 잘 살았지? 그지? 나를 좀 본받아 봐"라며

결과물을 퇴색시켜 버리는 사람, 친하게 지내고 싶지 않다.

'글쓰기는 평범한 집안일이다'라고 생각해 보면 글 좀 쓴다고,

책 한 권 냈다고, 출간계약을 여러 건 했다고

목에 힘을 주었다가도 재빨리 힘을 뺄 수 있다.

직장일 하듯 글쓰기 습관을 들이고,

집안일 하듯 작가의 마음을 지켜가자.

큰 따옴표 : 10문장 쓰기

"자기야, 큰 방에 이불 좀 펴고 거실 커튼 좀 닫아 줘.
아! 자기 방만 청소기 한 번 밀어주고."

"뭐라고?"

"큰 방 이불, 거실 커튼, 자기 방 청소기."

"어."

10초 후…….

"큰 방 가서 뭐하라고 했지?"

"아니, 내가 영어로 말했어?"

"기억이 안 나는 걸 어떡해? 한 번에 한 가지씩 말해."

여기서 나의 선택은 달라진다.
비축된 힘이 있어 남편에게 부탁한 일들을 내가 할 수 있으면 "됐어!"라고 답한다.
생리 이튿날이거나 허기짐으로 고기가 땡기는 날이면 "큰 방에 이불 좀 펴 줘"라고
도레'미' 목소리로 다시금 말해준다.

오늘은 큰 따옴표의 위력으로 10문장 쓰기를 해 보았어요. 독자님의 기를 차게 했던 사람 있죠? 멀리서 찾지 마세요. 원수는 가까이 있습니다. 원수와 주고받았던 말들을 써 버리세요. 이 세상에서 가장 멋진 복수가 될 겁니다.

Part 4

글쓰기와 그렇고 그런 사이

: 독서

기브 앤 테이크.

자본주의 공식이다.

좋은 글을 쓰고 싶다면 글과 나 자신에게 가치 있는 무언가를 주어야 한다.

글쓰기와 반드시 병행되어져야 하는 행위는 '독서'다.

독서 관련 책들을 읽으면서 정립해 간, 나에게

독서란 무엇인지 부끄러움으로 솔직히 썼다.

유명 작가님들 생각에 적당히 타협하며

약간의 거드름을 피워보고 싶은 유혹도 있었지만,

진심만큼은 지키고 싶었다.

별 생각 없이 독서를 하고 있는 나의 모습을 통해

예비작가이신 그대도 그냥 편하게 기브 앤 테이크 정신으로

독서를 대했으면 하는 바람이다.

글쓰기를 잘 할 수 있는 방법 중 하나, 글 읽기다.

책 읽기와 책 수집

좋겠다.

출판사가 작가를 믿는 구석이 있어서 양장으로 만들어 주셨겠지.

그럼 그렇지.

여러 권의 책을 쓰신 문유석 서울중앙지법 부장판사님의 ≪쾌락독서≫.

책 제목은 누가 지은 걸까.

깔끔하고 자극적이고 신선하다.

게다가, 판사님이 쓰신 책이라는 이미지를 깰 정도로

쉽고 재미있게 글을 쓰셨다.

아, 부럽다.

판사님은 독서를 어떻게 생각하고 계신 걸까.

독서란 원래 즐거운 놀이다.
누구 마음대로 '필독'이니?
어떤 책이든 자기만 즐기면 그것만으로도 충분하다는 것.

프롤로그에서 이미 모든 게 명확해졌다.
≪리어왕≫을 '딸들한테 효도를 강요하다가 개고생하는 늙은 왕 이야기'로
이해하셨다는 판사님의 생각을 옮겨놓으신 대목에서는
엄지 척!을 보여드리고 싶었다.
≪쾌락독서≫의 양장 표지에
'백미정 님의 독서 인생이 행복 뿜뿜!이기를 바라며'라는
짧은 응원 글과 함께 판사님 사인을 받아보고도 싶어졌다.
판사님이 즐거운 놀이로 하셨다던 독서,
나는 독서를 놀이로 여겼던 때가 있었는가?
분명히, 솔직히 말하건대,
나는 독서보다 책을 사는 행위 자체가 더 즐거웠다.

구입한 책들 중에 읽지 않고 꽂아두거나 쌓아둔 게 절반이지만
그냥 바라보는 것만으로도,
책 향기를 맡아보는 것만으로도,
어제부터 사귀기로 한 남자친구를 생각하는 듯한 설렘이 있다.
책의 역할을 다해주기 위한 우리들의 행위에
'읽기'와 함께 '책 수집'도 포함하고 싶다(책을 사재기하는 나의 행동을 합리화할 수 있기도 하고).

'책 읽기'가 아닌 '책 수집'을 위해 시간과 돈을 투자했던,
허무맹랑해 보였던 그때를 글을 쓰면서 톡톡히 보상받았다.
아이들에게 소리를 빽, 질러댔거나
속에서 소용돌이가 치는 듯한 느낌을 가지게 된 후
죄책감을 만회하고자 수집했던 부모교육 책들은
≪나는 美쳐가는 아들 셋 엄마입니다≫ 원고를 쓸 때 빛을 발하게 되었다.
하나님이 미울 때, 하나님을 이해할 수 없을 때,
하나님과 잘 살아보고자 할 때 수집했던 신앙 서적들은
≪혼자 펑펑 울고 싶은 날≫ 원고를 쓸 때 함께하게 되었다(내 책을 홍보하고 있는 것 같다. 홍보가 나쁜 건 아니니까. 쿨럭!).
책 읽기와 책 수집은 즐거움 자체였다.
그리고 글쓰기와 함께하면서는
또 다른 즐거움과 결과물을 만들어 주었다는 사실이 고마웠다.
오늘은 왠지, 서점에 갈 것 같은 예감이 든다.

'반드시' 보다 '그냥'

글쓰기 기술만큼이나 수두룩한 책의 한 부류는 '독서의 기술'이지 싶다.

나는 독서하는 데 특별한 기술이 있을까, 라는 생각을 가지고 있다.

이와 함께 책 한 권을 읽더라도 반복해서 정독하는 것이

다독보다 더 낫다는 의견에도 백 퍼센트 공감하지 않는다.

반복해서 정독하는 방법이 나쁘다는 게 아니다.

여러 가지 독서 방법들을 서로 비교하면서 옳고 그름이나

우위를 가리고 싶지 않은 것이다.

독서는 '그냥' 하는 게 멋지다.

사람을 사랑하는 놀라운 일을 맞이하게 되면
사랑을 표현할 수 있는 기술을 자연적으로 체득하게 된다.
5만 원짜리 지폐를 빨간 장미 한 송이씩마다 둘둘 말아
꽃다발을 완성한 후 세상에서 제일 예쁜(멋진) 그대에게 선물한다든지,
자신의 몸보다 큰 곰돌이 인형을 땀범벅과 함박웃음으로 배달해 준다든지,
자신의 목에 나비넥타이를 하고 머리 위로 리본을 묶어
본인 자체가 선물이라며 두 팔을 벌린다든지 하는
오글거리는 퍼포먼스들을 말이다(개인적으로 5만 원짜리 지폐가 수두룩한 꽃다발을 선호한다).
하지만 돈 꽃다발을 주는 행위가,
몸집만한 곰돌이 인형을 주는 행위가,
자신을 선물로 주는 행위가,
나의 인생 목표 항목에 포함되어져 있는
'사랑' 단어에 동그라미표를 하기 위한,

사랑을 '반드시' 쟁취하기 위한
집착의 수단이 되어서는 안 된다.
사랑하는 사람에게 '그냥' 내 진심을 보여주는 것으로
여러 수단들의 역할은 끝이 나야 한다.
사랑하는 마음보다 사랑의 기술이 앞서선 안 되는 이유이다.
그래서 사랑은 '반드시'보다 '그냥'이 더 어울린다.

독서 역시 '반드시'보다 '그냥'이 더 어울린다.
한 권 정독을 하며 깊은 성찰을 하든,
열 권 다독을 하며 짜릿한 성취감을 느껴보든,
독서의 방법적인 면보다 독서 자체를 좋아하는 것이 더 중요하다고 생각한다.
그냥 책이 좋고 글을 읽는 게 좋고 글을 읽고 있는 내가 멋있어 보여서 좋다.
이 날 이때까지 책을 읽으면서 반드시 무언가를 얻을 거야!
한 문장은 꼭 외워야지!
작가의 생각을 내 것으로 만들고 말테야!
두 주먹 불끈 쥐고 입술을 깨물며 결의를 다져본 기억이 없다.
나는, '그냥'의 힘으로 오랜 시간 동안 편안한 마음으로 독서를 할 수 있었다.
'그냥'은 강물이 흘러가는 것만큼 자연스럽고 본능적이다.
그래서,
사랑과 독서는 '반드시'보다
'그냥'이 더 어울린다.

인생과 아픔, 독서와 희망은

구경만 하고 사진 않아야지, 했는데 책만 보면 마음이 다 간다.

이틀 아껴 두었던 회사 점심값으로 책을 샀다.

나의 아픔 또한 보듬어줄 수 있는 나의 성장을 소망하고 믿으며.

2011년 6월 17일 금요일이었던 9년 전,

≪아프니까 청춘이다≫ 책표지 뒷장에 몇 자 끄적거려 놓았다.

다른 책들보다 모퉁이가 더 접혀 있었고 메모도 더 되어 있었다.

2014년까지 4번을 읽었다, 기록되어 있었다.

이 책을 구입할 당시, 나는 셋째를 임신한 지 7개월 무렵이었다.

14평 집에 추위와 곰팡이가 동고동락했고,

남편은 신학생이자 전도사로 교회에서 나오던 월급이 80만 원이었다.

이미 아들 둘이 있었다. 셋째를 낳고 나면 잠시 일을 쉬어야 하는 나의 현실.

앞으로 뭘 먹고 살아야 되나.

아기 봐 줄 곳은 어디에서 구하나.

얽히고설켜 버린 걱정들.

딱, 돌아버릴 것만 같았다.

먹고 살 일을 걱정하고 있으면서도

아이러니하게 이틀 점심을 굶고 있었다니.

뱃속 아기에게 영양분을 공급해 주는 일보다

책에 더 고파하고 있었다니(막내야, 엄마가 정말 미안했어).

그만큼 책이 좋았고, 그만큼 영혼이 절실했다.

내 아픔의 대가가 필요했다.

아픔을 휘저으며 책을 읽으며 희망을 닮은 지푸라기를 잡아야 했다.

좁은 집과 추위와 모자란 생활비와 남편과 아들 셋과 걱정과 아픔,

그리고 독서는 다람쥐 쳇바퀴 돌 듯 했다.

그런데 어느 사이엔가…….

나 자신을 마지막까지 붙들고 싶어 사게 된,
밥값을 아껴 사게 된,
귀한 문장 하나로 '되었다.' 생각하게 되는,
1년이 지나고 2년이 지나고 9년이 지나도 내 곁에 가끔 두게 되는,
메모를 많이 하게 되는,
모퉁이를 자꾸 접게 되는,
다른 사람들이 쓴 리뷰가 어떠한 지 1도 궁금하지 않은,
많이 아파서 청춘이었던 그때가 더 감사한 것인가
아픔이 희석된 그러나 조금 늙어버린 지금이 더 감사한 것인가,
질문을 자꾸 하게 되는 책들은,

지푸라기가 진화한 새끼줄 희망이 되어 있었다.
간간이, 새끼줄보다 굵은 밧줄 희망도 발견할 수 있었다.
지푸라기 같고 새끼줄 같고 밧줄 같은 희망을 발견했던 나를,
책은 자신의 몸과 마음을 사용하여 기억해주었다.

인생은 돈다. 그러므로, 아픔도 돈다.
독서는 돈다. 그러므로, 희망도 돈다.

이것을 나는, 받아들일 준비가 된 듯하다.

그 사람은 독서를 왜 했던 걸까

빚이 7억이 넘는 지인의 카카오스토리를 쭉 훑어보았다.

사람들에게 문제점을 보여주고
해결방식을 제시하면 사람들이
실천에 옮기리라 믿는다.
– 빌 게이츠 –

나는 노아의 법칙을 위반했다.
비를 예측하는 것은 중요하지 않지만,
방주를 만드는 것은 중요하다.
– 워렌 버핏 –

감히 반론을 제기하기 힘든 분들의 명언과
CEO들이 읽어야 할 필독서를 정보 공유용으로 올려놓았다.
자신 또한 열심히 잘 살 거라는 짤막한 다짐도 곁들여서.
가끔 나에게 책을 선물해 주며 "유익해요"라고 말하던 사람.
이젠 감당할 수 없는 빚 때문에 주변 사람들과 연락이 되지 않고 있는 사람.
답답했다.
빚이 1억이 넘어갈 동안, 2억이 넘어갈 동안, 7억이 넘어갈 동안
뭘 어떻게 열심히 살았던 걸까.
이 사람을 비판하고 판단하고자 하는 내 생각이 옳은 것인가.
몇 분 정도 고민했다.
그리고 판단의 내용을 최대한 바꾸어 보려 한다.
'이 사람이 그동안 독서를 했던 이유는 무엇일까'로.
독서에 관한 글을 쓰고 있는 나 자신도,
독서를 하고 있는 지금 이 순간의 당신도
반드시 해 보아야 할 비판적 사고라는 생각이 든다.
하여, 가슴이 땅으로 조금씩 꺼져가는 느낌과 함께 끄적거려 본다.

나의 지인은 빌 게이츠와 워렌 버핏의 말에
고개를 끄덕거릴 만한 힘이 남아 있던 2년 전만 해도
희망이라는 걸 가져볼 수 있었던 상황이 아니었을까 싶다.
그런데 문제는, 문제는 말이다,

희망이라 여겨졌던 마음 상태와 행동 수정의 접점 자체가 없었다는 거다.
무엇을 위해 어떻게 살아야 하는지 모르는 대책 없는 긍정,
한 방 인생을 바라는 극단적인 긍정,
무조건 잘 될 거라는 막연한 긍정,
생각의 변화와 행동의 변화가 되지 않는 이름뿐인 긍정(한때 나는 '긍정' 단어 보기를 돌같이 하기도 했다).
지인이 말했던 '책의 유익함'이란 무엇이었을까.
편견을 가지고 지금 다시 생각해 보니,
부자인 빌 게이츠와 워렌 버핏의 말이 고팠던 건지,
부자인 빌 게이츠와 워렌 버핏의 돈이 고팠던 건지 모르겠다(하필 이 시점에서 히틀러 역시 전쟁 중에도 책을 읽었던, 서재에 1만 6천여 권의 책이 있었던 독서광이었음을 알게 되었다).

글의 가르침과 가치를 가차 없이 떨어트린 것 같은,
글 쓰는 작가의 노고와 진심을 가차 없이 무너뜨린 것 같은
지인 삶의 모습을 안타까움과 실망스러움으로 조심스레 써 보는 바이다.

재미, 호기심, 본능, 이런 단어들을 제외하고 나에게 물어본다.
내 돈, 내 시간 들여 굳이 독서를 하는 이유는 뭘까.
그리고 다짐한다.
독서의 이유를 찾지 못하게 되더라도
수많은 사람이 거품 물고 이야기하는 독서의 가치를 무시하는,
내가 읽었던 글과 철저히 위배되는 삶을 살게 되는,
기막힌 인간은 되지 말아야 겠다고.

(지인의 빚이 7억이라는 사실 때문에 한숨을 쉬고 있는 게 아니다. 같이 살고 있는 배우자가 이혼을 생각하고 있다며 내뱉은 말 때문이다. "그 인간은 입으로 다 해요.")

실패하는 독서를 위해

"엄마, 수업시간에 짝꿍이 내 팔을 툭 치길래 흘겨봤거든. 그런데 또 치는 거야.
'쯤'이라고 조용히 말했는데 선생님한테 들렸나 봐.
수업시간에 장난친다고 나만 혼났어."

막내가 학교에서 속상했던 일을 나에게 열심히 말하고 있을 때,
나는 독서 중이었다.
그래도 부모교육 책을 좀 읽은 나로서는
이럴 때 엄마가 어떤 반응을 보여야 하는지 알고 있었다.
바로, 아이의 감정 읽어주기다.

"많이 속상했겠구나."

"엄마, 진심이야?"

막내의 대답에 멍해졌다. 그리고 부끄러웠다.
막내의 억울한 이야기를 기억할 수 있을 만큼만 듣고 있었지,
내 영혼은 책 안에 있었다.

'아이의 감정 읽어주기'라는 단편적인 지식을 습득하고 있었던 나는,
말 그대로 영혼을 뺀 단편적인 답만 내뱉었던 것이다.
지난 날 나의 독서는 실패한 것인가.

그 일이 있은 후로, 또 다른 부모교육 책들을 열심히 읽었고
모든 글에 고개를 끄덕이지 않기 위해 노력했다.
그리고 내가 모르고 있던, 놓치고 있던 부분을 발견하게 되었다.
아이의 감정을 읽어준다는 뜻은, 아이가 말을 할 때
아이의 눈과 표정과 말투와 손짓에 나의 존재를 포개는 것까지 포함되었다.
상황에 어울리는 그럴듯한 답을,
입만 뻥긋거리며 건네주어선 안 된다는 뜻이다.
나는, 답을 위한 답이 아닌,
진심을 위한 답을 선택하기 위해 습관 하나를 만들게 되었다.
'아이의 감정을 읽어주는 말을 하는 것'보다,
'엄마인 내 생각 들여다보기'를 먼저 했다.

하루는, 잠시도 가만히 있기 싫어하는 둘째 아들이 말했다.
"아, 심심해."
'심심하긴. 지금까지 쉬지 않고 놀아놓고선.' 나의 생각이었다.
그래서 "우리 아들이 심심 하구나"라고 답하지 않았다.
아무말 하지 않고 아들의 눈을 3초간 지그시 바라보았다.
아들은 그냥, 자신의 마음 상태를 표현한 것뿐이거나

엄마와 놀고 싶어 하는 마음을 돌려서 말을 한 것뿐이다.
엄마의 다정다감한 대답을 듣기 위함이 목적이 아니었다.
엄마인 나는, 둘째 아들과 놀아줄 마음이 없었기 때문에
대꾸하지 않는 방법을 선택한 것이고(당시 주변 분위기, 자녀의 기질, 자녀와 엄마의 마음 상태에 따라 취해주어야 할 액션은 달라질 수 있다).
아들은 이내,
"형아, 뭐해?" 경쾌한 목소리로 형이 있는 큰 방으로 갔다.

진심을 더한 부모교육 책을 새롭게 만나게 되어 감사했다.
그리고, 예전에 읽었던 부모교육 책에서는
왜 진심을 언급해 주지 않았을까 생각해 보았다.
나 역시, 보이지 않는 바람 같은 혹은
시끄러운 꽹과리 같은 글을 쓰고 있는 건 아닌가, 반성하게 되었다.
하여, 나의 초고를 문장 하나 단어 하나 조사 하나,
모든 걸 다시 생각하며 읽게 되었다.

곡선의 길을 직선으로 만들어 갈 수 있는 방법은,
조금씩 끊어서 가는 것이라 했다.
시간 낭비 같았던, 시행착오를 겪게 했던 곡선의 독서는
결국 나 자신을 단단히 만들어 주는 직선의 방법과
직선의 독서를 만나게 해 주었다.

드라마 명대사 + 오레오맵

책 한 권 무게는 200g에서 500g 정도 됩니다. 미국을 대표하는 최고의 명문대, 하버드 대학교 학생들이 졸업할 때까지 쓰는 원고 무게는 얼마나 될까요? 무려 50kg입니다. 100여 권의 책을 쓰는 셈이네요.

로빈 워드 교수가 하버드 졸업생 1천 6백 명에게 물었습니다.

"하버드에 다니면서 가장 도움이 되었던 수업은 어떤 수업이었나요?"

90%가 넘는 졸업생들이 '글쓰기 수업'이었다고 답했다 합니다. 하버드 대학교에서 가르치는 글쓰기 기술을 요약한 것이 바로 '오레오맵'입니다.

O : opinion 의견

R : reason 이유

E : example 사례, 예시, 증거

O : opinion / offer - 의견 강조, 다짐, 방법 제시

- 송숙희. 150년 하버드 글쓰기 비법. 유노북스 -

저는 오레오맵 글쓰기 기술에 드라마 명대사를 가지고 글을 써 보았어요. '드라마 명대사' 위치에 고전글귀, 명언, 오늘의 감정, 과거의 상처, 아들, 딸, 엄마, 남편, 아빠, 부러진 다리, 한 모금 남은 커피, 걸레… 아무거나 넣어보세요. 모든 게 글감입니다.

O : opinion 의견

'날이 좋아서, 날이 좋지 않아서, 날이 적당해서 모든 날이 좋았다.'

나는, 드라마 〈도깨비〉에 나왔던 위의 명대사를 좋아한다.

R : reason 이유

왜냐하면 내가 좋아하는 공유가 했던 대사이기 때문이다. 그뿐이다.
허나, 다른 이에겐 다른 이유가 있지 않을까 생각해 본다.

E : example 사례, 예시, 증거

날이 좋은 게, 날이 좋지 않은 게, 날이 적당한 게 문제가 아니다.
사랑하는 사람과 모든 날을 함께했기 때문에 모든 날이 좋았던 것.
'먼 거리를 제일 빨리 갈 수 있는 방법은 사랑하는 사람과 가는 것'과 같은 이치다.

O : opinion / offer - 의견 강조, 다짐, 방법 제시

나 역시, 누군가가 모든 날을 좋아할 수 있도록 누군가의 동행자가 되어주고 싶다.

기본뼈대에 공유의 목소리와 생김새 찬양하기, 하루라도 김고은이 될 수 있다면 치를 수 있는 대가, 지나간 첫사랑, 그와 헤어지던 날의 날씨, 지금 살고 있는 남편을 바라보니 드는 생각, 돌이킬 수 없는 선택, 지금 내가 처한 상황에서 최선을 다할 수 있는 소중한 인연들, 인생 받아들이기 등 살을 붙여 나간다면 '공유, 모든 날이 좋았다'라는 제목으로 글 한 편 쓸 수 있습니다.
주제에 벗어난 한 마디를 남겨 봅니다.
공유 포에버!

Part 5

마음, 현재 진행형이다

: 글을 쓰면서, 글을 쓰고 난 후 궁금한 것들

나의 지식과 경험이 예비 작가님들께
도움이 되어 드렸으면 하는 마음,
현재 진행형이다.

잘 쓰고 있는 것이 맞는지 미치도록 궁금할 때

아름답고 처절한 물음이다.
본질적이고 끊임없어야 하는 물음이다.
답이 있을 수도 있고, 없을 수도 있는 물음이다.
위 물음을 두 글자로 줄여보면 '불안'일 테고, '불안'의 동의어는 '엄마'일 테다.
엄마인 나는, 반복되는 불안으로 '글쓰기'를 잉태했다.
뭐, 글을 쓴다고 불안이 없어지진 않았다.
내가 잘 살고 있는 게 맞는지 다시금 수없이 물어보아도
나아지는 것 또한 별반 없었고.
그렇다면 글을 쓴다는 것, 삶을 산다는 것은 무슨 의미인가.

우리는 쓸모없는 활동에 시간을 쓰는 것에 죄책감을 느껴서는 안 됩니다.

왜냐하면 요즘처럼 도구화된 시대에서는 그런 쓸모없는 활동이야말로

삶의 진짜 의미를 되찾아주기 때문입니다.

여러분, 모두 쓸모없는 일을 하세요.

쓸모없음이야말로 최고의 선입니다!

끊임없이 자기계발을 강요하고 있는 현대사회의 분위기와 흐름을
유쾌하게 비판한 책 ≪스탠드펌≫의 저자, 스벤 브링크만 심리학자가
그의 또 다른 저서 ≪철학이 필요한 순간≫에서
언급하고 있는 내용이다.
들인 노력에 걸맞는 성과 얻기를 성공의 공식으로 채택한다면
글을 쓰는 것, 삶의 의미를 묻는 것은 쓸모없는 활동이다.
그런데 턱수염이 잘 어울리는 우리의 스벤 브링크만 작가님은
쓸모없는 활동에 시간을 들이라고,
쓸모없음이 최고의 선이라 말하고 있다.
이는, 우리 삶의 의미를 가시적이고 도구적인 입장에서
판단해서는 안 된다는 뜻일 것이다.
가시적이고 도구적인 성질을 가지고 있는
돈이 삶의 중요한 요소가 될 수는 있지만,
삶의 본질적인 의미가 될 수는 없듯이 말이다.

쓸모 있었던 분노를 표출해
엄마의 마음을 막아버리고 남편의 입을 막아버렸던 나.
쓸모 있었던 꿈에 미쳐
우리 아들들이 귀엽게 커 갔던 모습을 한숨으로만 기억하고 있는 나.
쓸모 있었던 거짓을 선택해
사람들 앞에서는 내 마음과 다른 말을 내뱉고
뒤에서는 진흙탕 속 진실을 말하던 나.

쓸모 있었던 눈물에 빠져

삶의 희로애락에서 희락을 몽땅 빼 버렸던 나.

쓸모 있었던 편안함을 추구해

싸가지 없고 이기적인 년으로 전락한 나.

쓸모 있었던 논리 정연함에 손들어

상대방에게 정이 뚝 떨어지게 만든 나.

나에게 쓸모 있었던 것들을 쓸모없는 글쓰기로 감금시키고 난 후,

나는 '거짓된 행복'에서 탈출해 '고통스런 해방'을 맞이할 수 있게 되었다.

내가 잘 살고 있는 것이 맞는지 미치도록 궁금할 때,

내가 잘 쓰고 있는 것이 맞는지 미치도록 궁금할 때,

쓸모없는 글쓰기를 계속 해 보자.

삶의 의미도 계속 물어보자.

답이 없어도 괜찮다.

괴로워도 괜찮다.

최고의 선이지 않는가!

프롤로그와 에필로그, 너는 기다려!

프롤로그는 '들어가는 글'을 말한다.

프롤로그를 쓰는 목적은 저자가 글을 쓰게 된 동기를 어필하기 위해, 책의 전반적인 내용을 요약하기 위해, 글을 쓰면서 느꼈던 감정들을 소개하기 위해, 글이 갖추고 있는 실용성을 언급하기 위해, 저자가 글을 쓸 수 있도록 도움을 주었던 지인들에게 감사한 마음('마치는 글'에 감사인사를 수록한 책도 있다)을 표현하기 위해서이다.

출판사와 독자들이 글의 전체 흐름과 주제를 파악할 수 있는 부분이므로
목차를 짜듯 프롤로그 또한 서론 본론 결론을 잡아서 쓰는 것이 좋다.
내 경험상, 프롤로그를 쓰기 좋았던 시기는 초고를 완성하고 난 후였다.
'들어가는 글'이라고 해서 처음부터 써 놓고 꼭지들을 써 나가다 보면
'들어가는 글' 내용에 얽매여 저자가 전하고자 하는 메시지가 희석되거나
자칫 배가 산으로 가는 글을 쓰게 될 수도 있기 때문이다.
그래서 때 이른 퇴고를 할 수가 있다(퇴고의 시기 또한 초고를 완성하고 난 후이다).
한 꼭지 쓰고 퇴고하고 한 꼭지 쓰고 퇴고하면
스트레스 받아서 글을 다 못쓴다.
자신이 쓴 글에 회의가 든다.
글쓰기의 한계를 느끼게 된다.

에필로그는 '마치는 글'을 뜻하며
프롤로그와 마찬가지로 초고 완성 후 쓰는 것이 좋다.
에필로그가 없는 책들도 많은데
에필로그를 생략하고
마지막 꼭지 글을 책의 마무리 느낌으로 쓰는 것도 하나의 방법이다.
나는, 독자에게 당부하고 싶었던 말(책의 주제, 독자의 행동 변화를 요하는 점)을
다시 한 번 더 강조하기 위해 에필로그를 쓴다.

프롤로그와 에필로그, 초고 후에 써도 늦지 않다.
아니, 적당한 시기다.

목차 쓰는 요령이나 시기는 달라질 수 있다

나는 대략적인 목차를 잡고 글을 썼던 경험,

목차 없이 전체 글을 마무리한 후 챕터와 꼭지를 분류했던 경험,

챕터와 꼭지 구분 없이 책을 출간했던 경험이 있다.

이는 글의 성질마다 달랐다.

글보다 목차를 먼저 쓰면 좋은 책은

(지금 이 책처럼) 실용서 느낌이 강한 책이다.

독자에게 정보, 지식, 경험을 나누어 주면서

전하고자 하는 메시지가 분명할 때,

대략적인 목차를 잡은 후 글을 쓰는 것이 효율적이다.

독자가 필요로 하는 부분을 취사선택해서 먼저 볼 수 있도록,

다음에 또 책을 꺼내었을 때 필요한 부분을 빨리 찾을 수 있도록

돕기 위해서이기도 하다.

전체 글 마무리 후 목차를 잡거나
챕터와 꼭지 분류 없이 출간한 책은 에세이였다.
자랑이라 머쓱한 이유이긴 한데,
나는 초등학교 때부터 지속적으로 글을 써 왔었고
글짓기 대회에 나가면 대부분 상을 받았다.
그래서 목차에 얽매이지 않고 글을 쓸 수 있었고,
글을 다 쓰고 난 후에 챕터 명을 짓고
각 챕터에 맞는 꼭지들을 배치하는 작업이 어렵지 않았다.
글쓰기를 시작한 지 얼마 되지 않았거나
목차 쓰는 작업이 아직 낯선 분들이 에세이를 쓰고자 하실 때에는
대략적으로 목차를 잡은 후에 글을 쓰시는 것을 추천 드린다.
그리고 웬만하면 목차 순서대로 글을 쓰고자 다짐하시는 것이 좋다.
자신이 쓰고 싶은 꼭지부터 골라 쓰다 보면
나중에는 글쓰기 부담스러운 주제들만 남게 되어
초고를 완성하기 힘들어지기 때문이다.
글쓰기에 대한 자신감,
내가 얼마나 글을 써 왔는가,
글쓰기에 재능이 있는가,
내 글의 성격은 어떠한가 여부에 따라
목차 쓰는 요령이나 시기는 달라질 수 있다.

다른 책 문장을 인용하는 것에 대해

"인용 글, 다 빼세요."

"인용 글은 왼쪽에, 쓰신 글은 오른쪽에 배치하세요."

다른 책에 있는 문장들을 인용했던 나의 똑같은 원고를 보고,
각각 다르게 피드백을 해 주셨던 출판사 편집장님들의 말이다.
저작권 때문에 출판사나 작가가 곤란해질 수 있으므로
인용 글 사용을 반대하는 출판사가 있다.
그래서 애당초 인용 글은 아예 쓸 생각을 안 한다는 작가가 있고
반대로, 글의 완성도를 높여줄 수 있다면
한두 문장 정도는 인용 글을 쓴다는 작가도 있다.
내 경험을 나누자면,
일단 나는 인용 글을 첨부하여 투고를 했고
계약하고자 하는 출판사가
인용 글을 빼라고 해서 삭제, 보완 작업을 거쳤다.

☞ 인용 글 예시 1

행복하고 싶다면 당신의 행복에 관심이 필요하다.

– 김수현, 나는 나로 살기로 했다, 마음의숲 –

☞ 인용 글 예시 2

김수현 작가는 말했다. '행복하고 싶다면 당신의 행복에 관심이 필요하다'고 말이다.

☞ 인용 글 예시 3

베스트셀러 ≪나는 나로 살기로 했다≫에서 저자는 행복하고 싶다면 당신의 행복에 관심이 필요하다고 말했다.

※ 인용 글 사용 시, 출처를 반드시 밝혀야 한다.

인용 글을 빼고 대신 그 자리에

행하지 않는 믿음은 죽은 것이라 했다.

복된 우리의 미래를 믿고 툭! 마음을 건드려보자.

이행시를 썼다.

다른 책 문장을 인용하는 것이 마음 쓰이거나

출판사가 꺼려하는 부분이라면 저작권 문제가 없는

고전글귀, 철학자의 말, 명언

등을 활용해 보는 것도 좋은 방법이다.

나 또한 고전글귀와 에세이를 곁들여

책 한 권 분량의 원고를 써 보기도 했다.

집에 있는 책들을 보더라도

다른 책에서 글을 인용해 온 작가는 얼마든지 있다.

다른 책 문장을 인용하는 것에 대한 나의 결론은 이러하다.

출판사의 입장, 작가의 견해를 최대한 이야기 나누어 보고 난 후

차선책을 찾아보는 것이다.

이 세상에 '반드시'라는 단어를 선택해야 하는 중요한 일은

다른 책 문장을 인용하느냐 안 하느냐보다 훨씬 더 많으니까.

내 책에
칼라사진이 들어가면 좋겠어요

내 세 번째 책은 올 칼라로 출간되었다.

출판사에서 디자인해준 내지를 처음 영접했을 때 나는

어머어머어머,를 연발했다.

그리고 걱정했다.

판매량이 저조하면 출판사 손실이 클 텐데 왜 이러시나, 싶었다.

편집장님께 내 마음을 전했더니

자신의 출판사는 자체 인쇄소가 있어서 괜찮다고 하셨다.

아직 이름이 알려지지 않은 예비 작가의 책 내지를

칼라사진이 들어가도록 만들어주는 출판사는 많지 않다.

자체 인쇄소를 가지고 있거나

대학교재, 수험서를 주로 출간하는 출판사에서

에세이를 가끔 출간하는 경우를 제외하면 말이다.

일단 내지에 칼라를 입히거나 칼라사진을 삽입하는 것은 돈이 많이 든다.

베스트셀러 되는 법이 있는 것도 아니고, 책이 사장될지도 모르고,

독서하는 인구는 줄어들고, 출판사도 줄어들고 있는 상황에서

책을 예쁘게 만들어보고 싶다는 일념만으로

칼라 책을 만들어줄 출판사가 어디 있겠는가.

꼭 칼라가 아니더라도 책에 삽입하고 싶은 사진들을

흑백으로 처리해도 멋있는 책이 될 수 있다(책 내용이나 표지에 따라 내지 디자인을 어떻게 할지 잘 선택해야겠지만).

흑백이든 칼라든 책에 사진을 넣을 수 있다면,

또는 내 책에 사진을 꼭 삽입하고 싶다면,

출판사 담당자에게 나의 의견을 예의 있게 건네 보는 과정이 필요하다.

출판사 디자이너가 자존심 상하지 않도록,
작가가 책에 왜 사진을 넣고 싶어 하는지
출판사와 작가의 유익을 위하는 입장에서 유연하게 말하는 것이 좋다
(글의 완성도를 높이고 싶은 작가의 욕심을 어여삐 여겨주세요, 출판사와 작가의 의견을 충분히 수렴하여 독자에게 멋지게 다가갈 수 있는 책이 탄생되기를 기대합니다, 저의 전적인 사견이니 검토하신 후 좋은 의견 있으면 편안하게 말씀해 주세요 등).

저작권 문제가 없는 이미지들(사진, 수채화, 일러스트)을 모아놓은 사이트 명을
출판사 쪽에서 모를 수도 있으니,
출판사가 찬성을 한다면 글맛을 더 살려줄 수 있는 이미지들을
작가가 직접 검색해 보는 것도 좋다.
네이버 검색창에 '언스플래쉬' 또는 '픽사베이'를 쳐 보자.
준프로들이 작업한 이미지들을 모아놓은 사이트인데 저작권은 1도 걱정 없다.
나는 이 사이트에서 고른 사진으로 책표지를 만들기도 했다.
'언스플래쉬'는 찾고자 하는 이미지를 영단어로 검색해야 하고,
'픽사베이'는 우리나라 말로 검색해도 이미지들이 뜬다.
화질도 뛰어나고 종류도 다양하다.
그리고 저자가 책에 삽입하고자 하는 이미지를 단어로 검색할 때
단편적인 단어를 선택하기보다,
연관단어를 잘 생각해서 검색하면
내 글의 의미를 부각시켜주는 이미지들을 찾을 수 있다.

예를 들어 내가 '창문' 이미지를 찾고자 한다면
네모, 파란색, 인테리어, 커피숍 등의 단어로
검색해 보는 것이다.

보기 드물 정도로 수준이 형편없는 나의 그림을 삽입하여
책을 출간해 보자고 한 출판사가 있었다.
못 그려도 상관없다 하셨다.
내지에 조그마한 그림들을 적당히 배치하는 게
글 내용을 더 살려준다는 것이 이유의 전부였다.
포인트는 이거다.
책의 전체적인 느낌에 따라,
전하고자 하는 메시지의 경중에 따라
칼라사진, 흑백사진, 그림 삽입 여부를 결정하기!
'세월호 이야기'를 써 놓고 바캉스 사진을 넣을 순 없지 않는가.

진심과 정성, 퇴고

의식의 흐름과 감정선을 따라 일단 쓰고 봐야 하는 것이 '초고'라면,
글쓰기 기술을 참고로 글을 여러 번 다시 다듬고 고치는 것을 '퇴고'라고 한다.
'초고'로 책을 출간한 사람은 이 세상에 단 한 명도 없다.
≪노인과 바다≫를 쓴 헤밍웨이처럼 200번 이상 퇴고할 생각은 추호도 없지만
'초고' 상태 그대로의 원고를 출판사에 보내는
이상한 사람도 되지 말아야 겠다.
진심과 정성, 이 두 가지로 '퇴고'를 시작해 보자.

'독자가 내 글을 왜 읽어야 하는가?'라는 질문에 명확한 답이 있도록 한다.
그럴 듯한 답 말고, 진실된 답이 필요하다.

최대한 오타가 없도록 한다.
다른 책에서 오타를 보게 되면 꼭 동그라미로 표시를 하게 된다.
그런데 동그라미가 3개를 넘어가면 작가명과 출판사명을 다시 보게 되었다.

한 문장에서 똑같은 단어를 반복해서 사용했을 경우,

비슷한 뜻을 가지고 있는 다른 단어로 대체해 본다.

반복을 싫어하는 내 성격도 한몫하고,

단어의 한계성이 있는 듯한 글은 매력이 느껴지지 않기 때문이다.

내 글을 읽고 상처받을 만한 사람이 있는지 생각해 본다.

하지만 나에게 잊혀 지지 않는 상처를 준 사람의 이야기는 쓴다.

감정이 조금 사그라 들었을 때 즈음.

글에 취해, 감정에 취해 오버하지 않는다.

≪뼛속까지 내려가서 써라≫ 책에 이런 글이 있다.

'작가와 작품은 별개다.'

처음엔 뭔 말인가 싶었다.

시간이 지난 후 다시 읽어보니, 내가 쓴 글에 취하지 말라는 뜻이었다.

어차피 작가는 새로운 글을 계속 써야 하는 사람이다.

예전에 썼던 글이 아무리 엄지 척이어도,

아무리 사람들이 열광을 해도,

아무리 취하고 싶은 분위기라도,

마이크 잡고 치켜세웠던 새끼손가락을 내려야 하는

타이밍과 센스를 알아야 한다.

뻔한 표현을 뻔하지 않게 바꾸어 본다.

가슴이 두근거렸다.

→ 내 가슴 속에서 벚꽃이 흩날리고 있었다.

희망해 본다.

→ 예쁜 마음들과 함께 폴짝거렸다.

뻔한 표현은 재미도 없고, 내가 뻔해 보이기도 하고.

글이 마음에 착 감기지 않을 때에는
비슷한 뜻을 가지고 있는 단어로 바꾸어 보거나 문장 자체를 삭제한다.
수정, 삭제된 글로 고개를 끄덕거리게 되는 횟수가 많아졌다.

글의 흐름이 매끄러울 수 있도록,
문장의 맛을 살릴 수 있도록,
행갈이와 문장 부호들이 적절히 배치되었는지 본다.
시 쓰는 걸 좋아해서 습관적으로 수정하는 부분들이다.
쉼표의 위치, 문단과 문단 사이의 띄어쓰기 위치가 적절할수록
글의 느낌이나 전하고자 하는 메시지가 확실히 뚜렷해졌다.

조사가 어색한 부분이 있는지 살펴본다.

김훈의 ≪칼의 노래≫ 첫 문장은 이러하다.

"버려진 섬마다 꽃이 피었다."

처음에는 "버려진 섬마다 꽃은 피었다"로 썼다가

'은'을 '이'로 바꾸었다는 유명한 이야기는,

조사 하나로 글의 느낌이나 작가의 의도가 달라질 수 있는 예이다.

'꽃은 피었다'는 꽃이 혼자 잘난 척하며 스포트라이트를 받는 느낌이고,

'꽃이 피었다'는 꽃이 피어 있는 모습만 떠오른다.

'꽃이 피었다'는 사실의 세계를 진술한 언어이고

'꽃은 피었다'는 의견과 정서의 세계를 진술한 언어입니다.

문장 하나하나마다 의미의 세계와 사실의 세계를 구별해서 끌고나가는

그런 전략이 있어야만 내가 원하고자 하는 문장에 도달할 수 있습니다.

- 김훈. 바다의 기별. 생각의나무 -

작가의 의도대로 글을 살릴 수 있는 방법, 글과 어울리는 조사를 찾는 것이다.

글의 마무리가 영 찝찝하다 싶을 때는
수미상관식 구조(A→B→A)를 활용해 본다.
내가 활용하는 수미상관식 구조 방법은 이러하다.
맨 처음 문장이나 문단 속에 들어 있는
단어 두어 개를 선택해서 글 마무리에 살짝 걸친다.
그래서 처음 쓴 문장을 기지개 켜듯 조금 바꾸어 써 보거나
의미부여를 해 보는 것이다. 예를 들면 다음과 같다.

맨 처음 문단 : 비가 내렸다. 아빠가 돌아가실 때처럼. 생각보단 덤덤했다.
삶과 죽음이란, 가을에 내리는 비처럼 평범한 일이라 그런 것일까.

맨 마지막 문장 : 추적추적 내리는 비를 보며 평범함을 떠올렸듯, 오늘도 난
평범함을 무기삼아 나의 눈물을 스윽 훔쳐본다.

글을 처음 쓸 때에는 빨간 장미 한 다발을 닮은 꽉 찬 진심과 열정이,
글쓰기 기술이 필요할 때 혹은 글을 수정하고 삭제할 시점에서는
빨간 장미 한 송이를 닮은 몰입되어진
진심과 정성이 함께하기를 희망한다고 했던 말,
공감해 주시길 바란다.
나만의 글이,
독자를 생각하며 쓴 글이,
트럭 한 가득 실려 있는 조화를 닮아 있다면 모두가 속상할 일이다.

3년 전에 쓴,
3일 전에 쓴 출간 기획안

출판사의 투자는 기획서 한 장으로 결정된다.

기획서가 출판사의 마음에 들면 원고는 사실상 볼 필요도 없다고 느낀다.

실제로 원고를 열어 보기 전에 기획안만으로도

이미 계약을 할지 말지가 결정되기 때문이다.

이 점을 반드시 숙지하고 투고할 때 기획안을 빼놓지 않도록 하자.

- 정혜윤. 작가를 위한 집필 안내서. SISO -

그동안 출간 기획안을 쓰다 안 쓰다 했던 나를 반성하며
3년 전에 쓴 출간 기획안과, 3일 전에 쓴 출간 기획안을 소개해 본다.
장점, 단점, 보완하고 싶은 점, 활용하고 싶은 점 등,
마음껏 해부당하여 필요하신 독자에게 참고자료가 되길 바란다(첫 번째로 제시된 기획안 틀은 내가 글쓰기 공부를 했던 '자이언트 북 컨설팅' 이은대 대표님께서 제공해 주셨다).

제 목	내 삶에 투덜투덜 내 삶에 토닥토닥
저자 프로필	» 성명 : 백 미 정 (37세) - 출간 경험 없음 » 22살 이른 나이에 신학공부를 하는 남편을 만나 결혼을 하고, 15년 동안 쉴틈없이 일을 해야 했던 대한민국 여자. » 결혼생활 동안 아들을 셋 낳고 추위, 곰팡이, 14평의 집에서 계속 살 수 밖에 없었음. » 상황에 대한 불평보다 주어진 상황을 현실로 직시하고 내 삶을 있는 그대로 받아들이기 위해 독서를 선택함. » 상황은 변한 것이 없으나, 독서를 통해 얻게 된 삶의 지혜로 평범함이 비범함임을 깨닫고 평정심을 알아가고 있는 중임.
기획 의도	» 힘든 내 인생을 바꾸기에는 제한되어 있는 여건과 함께 주변 사람들의 입장도 생각해야 하기에 도전하고 행동하는 인생만이 무조건 훌륭하다고 할 수 없는 현실! » 근거 없는 낙관주의, 대책 없는 긍정을 두루뭉술하게 이야기하지 않고 삶에 대해 철저히 성찰하고 몸부림치며 깨달아 간 지혜들을 독서와 글쓰기로 유지해 가며 » 우리 모두의 삶은 어떤 형태로든 또 다른 누군가에게 현실적인 희망이 될 수 있음을 이야기하고자 함.

이 책의 강점	» 고통을 미화해서 결과적인 성공만을 부각시키거나 어려움 없이 운과 재력으로 성공했다고 말하고 있는 책을 읽을 때면 희망보다는 괴리감이 느껴진다. » 꿈, 희망, 비전이라는 단어는 나의 현실을 직면할 수 있는 용기와 나의 고통을 이겨내고자 하는 또 다른 아픔을 선택했을 때 얻을 수 있음을 경험했고, » 독서와 내 삶이 서로 어우러져 나만의 지혜가 생길 때에만 앞으로 일어날 또 다른 고비들을 넘길 수 있음을, 고통은 영원히 끝나지 않기에 고통이 찾아올 때마다 한 발짝 물러서서 바라볼 수 있는 마음의 여유를 준비하자고 » 독자와 저자가 책이라는 매개체를 통해 서로의 삶들을 응원해주고자 함.
예상 독자	» 삶이 너무 힘들다고 느껴지는 사람들 » 희망과 비전을 찾고 있는 사람들 » 평범한 삶 속에서 삶의 의미를 찾을 수 없는 사람들(30,40대 아주머니들)
목 차 (#첨부)	〈들어가는 글〉 〈 제 1 장 〉 내 삶에 끄덕끄덕 : 현실, 제대로 인정해 주기 - 16개 소주제 〈 제 2 장 〉 내 삶에 으쌰으쌰 : 희망, 쭉 키워 나가기 - 14개 소주제 〈 제 3 장 〉 내 삶에 두근두근 : 마음, 성실히 들여다보기 - 11개 소주제 〈 마치는 글 〉
전체 구성	A4 용지 총 101매 (글자크기 10pt)

1. 원고 제목 : ≪엄마인 당신이 작가가 되면 좋겠습니다≫ - 삶을 즐기면서 견딜 수 있는, 엄마작가의 글쓰기 로드맵 -			
2. 저자 소개			
2.1 성명	백미정 (1981년생)	2.2 소속	남편, 아들 셋
2.3 전화번호	010-0000-0000	2.4 이메일주소	molla39@hanmail.net
2.5 약력	» 전, 유아행복연구소 교육실장(유치원, 어린이집 원장님과 선생님들 대상으로 강의) » 크리스토퍼 리더십 과정 수료 » 부모교육지도자/청소년상담사/웃음코칭 전문가/미술심리치료사/아동상담사/인성교육지도자/유치원 정교사 자격증/이미지메이킹 자격증 » ≪나는, 美쳐가는 아들 셋 엄마입니다≫, ≪엄마의 글쓰기 사람의 글쓰기≫ 외 4권 출간		
3. 책의 분야 : 인문 ▷ 글쓰기 / 자기계발 ▷ 여성을 위한 자기계발			
4. 집필 동기 : 내 삶을 살아가고 있고 내 삶을 쓸 수 있는 사람은 이 세상에 오직 한 사람, '나'이다. 그중에서 '엄마'라는 정체성을 가지고 있는 사람이라면 또 다른 엄마들에게 징한 공감을 이끌어낼 수 있는 최고의 글감들로 살아가고 있는 존재다. 엄마들은 자신의 삶을 무엇으로 보상받을 수 있을까. 아무리 생각해도 외부에서 받기는 글렀다. 100세 인생을 준비해야 하는 시대, 어수선한 요즈음 시대, 엄마는 타인과 함께 제 2의 인생을 준비해야 한다. 전업주부든 워킹맘이든 열외 없다. 성취감이 되었든 선한 영향력이 되었든 돈이 되었든 엄마인 우리들은 할머니가 되어도 스스로를 지켜나갈 수 있는 수단 하나를 가지고 있어야 한다. 그 수단으로 '글 쓰는 엄마작가'를 추천한다. 그리하여 엄마작가인 나는, 삶을 즐기면서 견딜 수 있는 글쓰기 마음과 기술에 대해 썼다.			

5. 작가 소개 :

누군가는 '애국자'라 칭하고, 누군가는 '거꾸로 목메달'이라 칭하는, 아들 셋과 함께 살아가고 있는 대한민국 엄마작가. '생계유지'와 '현실도피'라는 아이러니한 이유 2가지로 16년 동안 주야장천 일을 했다.

존재가 바스락, 소리를 낼 때마다 책을 읽고 글을 썼다. 잘 살아보려고 발버둥 치다 보니 작가가 되었다. 잠시 희열에 빠졌으나, 타인을 생각하지 않는 글쓰기는 한계가 있음을 깨닫고 다시금 당신을 떠올리며 글을 썼다.

당신 역시 글 쓰는 삶을 통해 "잘 살자, 함께!"를 당당히 외쳐주길 바란다.

김훈의 ≪자전거 여행≫ 책에 나와 있는 이 말을 좋아한다.

"사람들아, 책 좀 사가라."

6. 예상 분량(A4 기준, 글자크기 10포인트, 줄 간격 180%) : 250페이지

7. 원고 집필 진행도 : 90% 완성한 원고입니다. 1주일 안에 탈고 가능합니다.

8. 원고 대상 독자 :

① 자신의 정체성을 '엄마'로 다 설명하려 하나, '내가 왜 사는 거지?' 철학적인 질문이 자꾸 떠올라 자녀들에게 짜증을 내고 있는 30~40대 전업주부와 워킹맘.

② 드럽게도 힘든 내 인생, 책 한 권은 남기고 가야 하지 않겠나, 내 삶의 이야기가 또 다른 사람들에게 희망이 되지 않겠나, 막연한 추측과 희망을 가지고 있는 30~40대 전업주부와 워킹맘.

③ 책을 최소한 한 권, 또는 여러 권 출간했지만 작가가 되었다는 것 외에 별다른 변화와 성장을 느끼지 못해 '내가 계속 글을 써야 하나?'라는 고민으로 빈 속에 커피를 마시며 빈 노트를 째려보고 있는 대한민국 작가들.

9. 유사 도서 :

글쓰기와 관련된 인문서나 자기계발서는 많지만, 이제 막 40대가 된 아들 셋 엄마 + 전업주부 + 15권 분량의 원고를 쓴 엄마작가가 투고, 출간되는 과정까지 고군분투하며 터득하게 된 실상을 토대로 대한민국 30~40대 엄마들에게 글쓰기 동기부여 + 글쓰기 기술 + 투고 및 출간 방법 + 독서 + 출판사 거절에 대한 자세 + 글을 쓰면 좋은 점 + 작가의 자세 등에 관해 두루 쓴 책은 없는 것으로 알고 있습니다.

10. 강의 및 특강 등에서 활용할 계획 :

» 도서관에 '엄마자격증과 엄마작가'라는 주제로 강의 기획안을 보낼 계획입니다. 엄마들의 결핍 부분인 부모교육(엄마자격증)을 먼저 하고, 마지막 차수에 글쓰기 모임을 만들자고 제안하면서 제 책을 홍보할 계획입니다.

» 시청, 유치원, 어린이집에서 교사 워크샵과 부모교육을 진행했고 앞으로는 교육기관 원장님과 선생님을 대상으로 '글쓰기 지도 및 출간 컨설팅'을 할 계획입니다.

» 올해 저의 버킷리스트 중 하나가 '모교 무료특강'입니다. 작가가 되기까지 저의 경험담을 통해 선생님과 후배들에게 '글 쓰는 삶을 살자'는 메시지를 전하고 싶습니다. 책 홍보가 목적은 아니지만, 자연스레 책을 알리는 방법 중 하나가 될 수 있습니다.

» 제가 글쓰기 공부를 한 곳이 '이은대 자이언트 북 컨설팅'입니다. 책 출간이 된 작가님들을 대상으로 창원 교보문고와 목동 교보문고에서 매달 한 번씩 저자 강연회를 개최합니다. 저자 강연회에 참석해주시는 다른 작가님들과 예비 작가님들, 독자님들을 대상으로 판매가 될 것으로 예상됩니다.

돈도 중요하니까,
인세와 출간 형식

인세란 저작권 사용료(로열티)를 말한다.

내가 그동안 출간 계약했던 기획 출판을 토대로

인세의 종류를 소개해 보겠다.

유명 작가나 유명 강사가 책을 출간할 경우에는

계약내용이 다를 수 있겠지만,

다음 글은 평범한 예비 작가님들을 기준으로

소개하는 글임을 참고해 주시기 바란다.

1 기획 출판 : 출판사에서 모든 출판비용을 부담하는 형식이다.

가. 정가의 7% 금액 곱하기 발행부수가 실 수령액인 경우(보통, 정가의 6%에서 10%를 인세로 한다)

출판사마다 초판 발행부수가 조금씩 다르긴 하지만
보통 1,000부를 찍는다(출판 경기가 좋지 않다 보니 500부를 찍는 출판사도 있다).
책 한 권 값이 1만 2천 원이라고 하면, 정가의 7% 금액은 840원이다.
1,000부가 팔리든 팔리지 않든 정가의 7% 금액 곱하기 1,000부를 계산하면
8십 4만 원이 나온다.
여기서 원천징수에 해당하는 3.3%의 금액을 제외하고 받게 되는 돈이
실 수령액이 된다(정가를 1만 2천 원, 초판 발행부수를 1,000부로 가정해서 계산한 것이기 때문에 정가와 초판 발행부수에 따라 인세 차이는 있다).
식으로 정리해 보면,

12,000(책의 정가) × 7%(인세) × 1,000(발행부수) = 840,000원
840,000원 × 3.3%(원천징수) = 27,720원
실 수령액 = 840,000원 - 27,720원 = 812,280원

저자에게 인세를 지급해주는 시기는 출판사마다 다른데,
계약서 작성을 한 시점을 기준으로 1주일 내로 입금해 주기도 하고
책 출간일로부터 한 달 이내에 입금해 주기도 한다.

나. 책의 정가 × 인세 × 1년 뒤, 팔린 책 부수를 정산해서 원고료를 주는 경우

작가는 출판사에서 책 출고현황 리스트를 제시해주지 않는 이상
정확한 책 판매량을 알 수 없다(자비출판사 중에서는 일자별·지점별로 책 출고현황을 조회해볼 수 있도록 시스템을 구축해놓은 곳도 있긴 하다).
그래서 베스트셀러가 되고 나면
출판사가 정확한 판매량을 알려주지 않고
원고료 겸 인세를 떼어먹어 작가가 소송을 거는 경우도 있다고 한다.
나는 베스트셀러 작가가 되어보지 못해서 모르겠다.
소원 같지 않은 소원은, 베스트셀러 작가가 되어
이와 비슷한 억울한 일을 경험해 보고 책으로 써 보는 것이다.
위의 가.내용과 다른 점은
발행부수 대신 판매부수를 넣어 계산이 된다는 점,
1년 뒤에 원고료를 준다는 점이다.

다. 인세유보 계약

계약 조건은 가.와 비슷한데 1,000부가 팔리는 시점부터
인세를 주는 경우가 있었다.
그러니까 9백 9십 9권이 팔렸으면 돈을 못 받는 것이고
1,000부가 팔렸으면 그때부터 가.와 같은 조건으로 계산해서
인세를 받는 방법이다.

2 반기획 출판 : 저자와 출판사가 공동으로 제작하는 방식이다.

반기획 출판 방식으로는 계약해보지 않아 잘 모르겠지만,
그동안 나에게 반기획 출판 형식으로 출간을 제안했던 출판사와
다른 작가님들의 말씀을 토대로 소개해 보겠다.

가. 작가님은 200만 원만 내시면 됩니다

말 그대로 작가가 200만 원 내고 출간하는 방식이다.
인세는 기획 출판과 달리 정가의 20%에서 25% 선이고,
판매부수가 일정 한도를 넘으면 인세는 상향 조정되기도 한다.
인쇄도수(칼라도수), 발행부수, 전체 페이지, 책의 분야에 따라
작가가 출판사에 내는 금액은 달라질 수 있기 때문에
반기획 출판사 사이트에 제시되어 있는 정보를 읽어보는 것이 좋다.

나. 작가님이 책을 200권 사 주세요

보통 작가가 출판사에서 자신의 책을 구입할 경우에는
정가의 60%에서 70% 금액으로 구입할 수 있다.
정가가 1만 2천 원인 책을 60% 금액에 200권 산다고 하면,
1백 4십 4만 원이다.
작가가 200만 원 내고 출간하는 방식이나 작가가 자신의 책을
200권 사는 조건으로 출간하는 방식이나 지출은 비슷한데,
인세로 따지자면 가.방법이 더 괜찮다.

3 자비 출판 : 저자가 출판비용을 모두 부담하여 출판하는 형식이다.

자비 출판 역시 반기획 출판과 마찬가지로 인쇄도수, 발행부수, 전체 페이지에 따라 저자가 부담하는 출판비용은 달라진다.

평균적으로 200페이지 기준, 칼라표지, 흑백 내지, 200부 발행 시 120만 원에서 150만 원 정도 든다.

자비 출판은 인세가 가장 세다.

정가의 40%에서 50%를 계산해서 준다.

처음에는 자비 출판에 대해 부정적이었는데, 인세를 보고 나니 오호! 싶었다 (매의 눈을 가지신 기획 출판사 대표님이나 편집장님을 통해 첫 번째 관문을 넘지 않은, 웬만하면 출간을 해 주는 곳이 자비 출판사다. 그래서 원고의 질이 낮을 수 있다는 인식 때문에 자비 출판 형식을 좋아하지 않는 사람들도 있다).

내가 해 보고 싶은 일들 중 하나인 '엄마의 글쓰기 출간 컨설팅'에서 예비 작가들마다 다를, 필요한 계약조건을 알맞게 제시해주기 위해서라도 언젠가는 자비 출판을 해 볼 계획이다.

더 정확한 정보가 필요한 독자는 네이버 주소창에 '반기획 출판', '자비 출판'이라고 검색하면 몇 군데 출판사가 소개되니 참고하시길 바란다. 혼자 인쇄와 배본까지 하는 자비 출판의 한 형태인 '독립 출판'은 내가 접해 보지 않은 영역이고 엄두도 나지 않아 소개하지 않았다.

투고 고고씽!

원고를 출판사에 던져보는 것을 '투고'라 한다.

남다른 열정을 보여준다고,

그 누구보다 뛰어난 원고를 썼다는 생각으로

무턱대고 출판사를 찾아가는

20대 피 끓는 청춘을 흉내 내지 말기를 당부 드린다.

출판사 관계자분들, 멀티태스킹을 해야 하는 분주한 분들이다.

최첨단 시대, SNS 시대, 원고와 출간 기획안은 메일로 전송 드리면 된다.

출판사 메일로 전송되어지는 하루 투고 건수는

최소 4건, 최대 30건 정도 된다.

이 중에서 나의 소중한 원고가 검토될 확률은?

사장되는 원고가 아닌,

읽을 만한 원고가 되기 위해 메일 투고 방법에도 마음을 써야 한다.

1 티끌 모아 태산, 출판사 메일주소 리스트

나는 '이은대 자이언트 북 컨설팅' 강의를 듣고

투고하는 방법까지 가르침을 받았다.

원고를 완성하고 나니 이은대 대표님께서

내 글의 분야에 맞는 출판사 메일주소 리스트를 1주에 100개씩,

3주까지 300개 정도 제공해 주셨다.

처음 투고할 때는 월요일과 화요일 오전 중,

100군데 출판사에 일부 원고와 출간 기획안을 메일로 전송한다

(직장인들의 집중력이 괜찮을 시간대로, 메일 확인을 해 볼 확률이 높다. 참고로, 공휴일 전날이나

불금은 나른해지기 쉬운 타이밍이므로 투고를 피하는 것이 좋다).

1주일 정도 소식을 기다려 본다.

투고를 하고 나면, 아무것도 손에 잡히지 않는다.

메일함 열어보는 것만 하루에 40번 정도 하게 된다

(메일을 전송했다고 모든 출판사가 내 메일을 열어보는 것은 아니다. 대략적인 통계를 내어보니

약 60% 정도 수신 확인 표시가 되는데, 이것 또한 클릭만 했다 뿐이지 내 원고를 읽어보았는지 그냥

넘어갔는지 알 길은 없다).

이렇게 3주일을 반복하고 나니 3군데 출판사에서 연락이 왔고,

그 중 한 곳과 계약 후 나의 첫 책이 탄생하게 되었다.

그 뒤로 오프라인 서점을 간간이 들러 '에세이 코너'에 있는

생소한 출판사명의 책표지를 들춰서는 메일주소를 있는 대로 써 왔다.

인스타그램에 들어가 출판사, 출판, 도서출판, 독서, 글쓰기 등
단어 검색을 하면서 업데이트되는 출판사명과 메일주소 또한 취합했다.
집에 있는 1천 300여 권의 책들도 훑어보면서
출판사명과 메일주소를 모았다.
이렇게 해서 나에게는 에세이 관련 출판사
메일주소 리스트가 600개 정도 있다.
이제는 투고할 때 한 달 정도 시간을 잡고 최소 300군데,
최대 600군데 출판사에 원고와 출간 기획안을 메일로 보낸다.
쉬운 건 없다.
쉬워서도 안 되고. 여기서는 '맨땅에 헤딩정신'이 필요하다.

2 한 땀 한 땀 수를 놓는 마음으로, 메일 전송하기

추석이나 설날 연휴가 되면,
'web 발신'이라는 문구와 함께 단체 안부문자를 받아본 적이 있을 것이다.
하나도 고맙지 않다. 대중 속 한 명뿐인 나로 전락하는 것 같다.
내 소중한 원고를 메일로 전송할 때도 마찬가지다.
30군데 출판사 메일주소를 클릭하여(또는 그룹으로 묶어)
한꺼번에 메일을 전송하면, 받는 이의 컴퓨터 화면에는
29군데의 다른 출판사 메일주소가 뜬다.
받는 사람 입장에서는 명절 때 볼 수 있는
단체 안부문자와도 같은 느낌이 들 것이다.

월월월월요일은 저리 가라! 대경북스에 투고 드립니다.

화안한 화요일, 대경북스에 투고 드립니다.

대경북스 여러분, 건강하세요. 투고 드립니다.

엄마인 당신이 작가가 되면 좋겠습니다. 대경북스에 투고 드립니다.

내가 투고를 할 때,
메일 제목란에 썼던 글귀들이다.
축복의 메시지를 담아
출판사명을 바꾸어 가며
한 번에 한 군데씩 메일 전송을 드렸다.
내 원고를 읽어볼 확률을
얼마나 높일 수 있는
행위인지는 모르겠으나,
할 수 있는 데까지 해 보는 것이다.
여기서는 '장인정신'이 필요하다.

3 사랑의 편지 느낌으로, 메일보내기 전 화면

네이버나 다음의 '메일쓰기'를 누르면 여백이 있는 화면이 나온다.
처음 투고를 할 때에는 출간 기획안에 있는 저자 소개, 출간 이력,
예상 독자 내용들을 복사해서 메일 화면에 붙여넣기를 했었다.
시간이 지나고 생각해 보니, 매일 글에 파묻혀 계실 투고 담당자가
메일 화면을 처음 봤을 때 빽빽한 글들에 갑갑함을 느낄 것 같았다.
그래서 한동안 메일 화면을 공란으로 파일만 첨부했다.
언젠가, 모 출판사에서 답장을 받았던 내용 중에
'메일에 내용 없이 파일만 보내신 경우 잘 열어보지 않습니다만,
어쩐 일인지 열어보게 되었어요'라는 말이 있었다.
아, 말을 징하게 아꼈나 싶었다.
그 뒤론, 메일의 '편지지 기능'을 활용한다.
한 번은 커피향 그림, 한 번은 카카오 프렌즈 이모티콘 그림을 곁들여
명언 또는 짧은 인사말, 원고 내용 중 한 문장을 쓴다.
클릭하고 복사하고 붙여넣기하고 단어 바꾸어 쓰고
원고 첨부하고 출간 기획안 첨부하고…….
투고를 하고 난 뒷날은 어김없이 오른팔이 저려온다.
예전에는 아픈 몸의 신호에 서글펐었는데 지금은 훈장 같다.
짧고 굵은 사랑의 편지 느낌으로 메일 화면을 채워보자.
여기서는 '오글거림 정신'이 필요하다.

4 디테일의 힘, 문서 첫 페이지의 힘

출판사에서 내 원고와 출간 기획안 문서를 열었을 때,

첫 페이지가 바로 보이도록 저장 후 메일을 전송하자.

투고 담당자가 좀 알아서 봐도 되는 거 아니냐,

생각할지도 모르겠지만 피곤하고 일 많을 때는 짜증이 날 수도 있다.

준비되어 있지 않은 듯한,

끝이 나지 않은 듯한 원고라는 느낌을 줄 수도 있고.

'디테일'은 언제나 어디서나 힘이 세다.

여기서는 '혹시나, 역시 정신'이 필요하다.

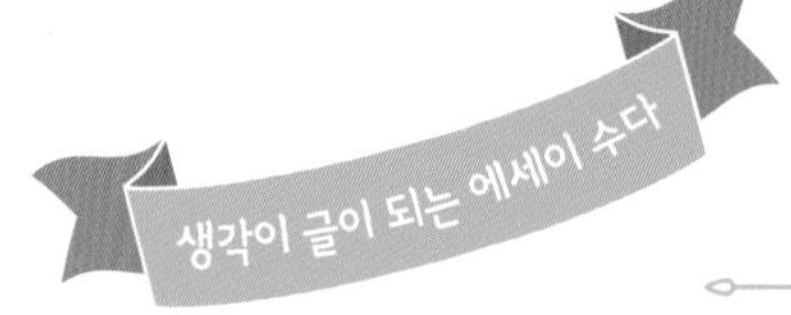

명화 + 3개의 W

명화는 저작권 문제가 없어서 좋아요.

화가의 개성이 드러나는 다양한 그림들을 감상하는 재미도 쏠쏠하고요.

제가 글로 써 보고 싶은 주제 중 하나가 '엄마의 명화'입니다.

엄마이기 때문에 느낄 수 있는, 엄마만이 알 수 있는 이야기들을 명화와 곁들여 글로 써 보는 거죠. 괜찮은 아이디어인 것 같아요.

영감이 파바박!

떠오르신다면 명화를 컨셉으로 엄마의 글쓰기, 먼저 시작하셔도 좋습니다.

저도 곧 쓸게요. 부모교육 책 보세요.

비슷한 이론과 주장들인데 계속 쏟아져 나옵니다.

글쓰기는 블루오션 영역이거든요.

자, '명화와 3개의 W(What, Why, How)가 함께하는 에세이 수다'입니다.

장 밥티스트 시메옹 샤르댕 〈젊은 여선생〉

What (무엇) : 관찰 + 생각

피부 관리를 어디서 받았을까.

밀가루가 흥칫뿡, 거릴 만큼 뽀얀 피부가 부럽다.

그래도 완벽한 여자는 없는 거다.

적당히 굵은 팔뚝에서 적당히 카타르시스를 느낀다.

아이가 가리키고 있는 손가락 끝에는 무엇이 있는 걸까.

열공 모드 보이는 기특한 아이에게 말랑카우 한 봉지를 선물해 주고 싶다.

Why (왜) : 성찰

우리 엄마도 새하얀 피부를 뽐냈던 시절이 있었을 텐데.

우리 엄마도 팔뚝이 들어가질 않는다며 새 옷을 사 입던 날이 있었을 텐데.

'자식을 향한 엄마의 사랑'만이 변치 않는 것이 되어 버렸다.

자식이 향하고 있는 시선과 손짓과 발걸음이 엄마 삶이 되어 버리다니.

지랄스런 엄마의 삶이다.

자식 때문에 삶의 고통을 참고 버텨왔다는 사실이,

아들 셋 엄마인 나는 아직도 이해되지 않는다.

How (어떻게) : 깨달음, 방법

이해되지 않는 엄마에게 내 마음을 조금 표현해 보고 싶었다.

'엄마 닮았지?'라는 짧은 말과 함께, 카톡 이모티콘을 선물로 보냈다.

단발머리 중학생 캐릭터에 다양한 표정이 있는 이모티콘이었다.

다음 명화를 감상하시면서 3개의 W에 맞추어 글을 써 볼까요?

카스파르 프리드리히 <창가의 여인>

프레데릭 레이턴 <타오르는 6월>

'명화' 대신 영화 포스터, 책표지, 사진, 피규어 등을 넣어 3개의 W와 함께 글을 써 봐도 좋겠죠?

Part 6

착한 작가 코스프레

: 출판사들의 거절에 대한 자세

6장은 다양한 내용의 출판 거절 답장과 함께
출판사에 보냈던 나의 답장,
그동안 바뀌게 된 내 생각을 곁들여 써 보았다.
수익의 경중을 따질 수밖에 없는 출판사의 입장을
조금이라도 이해해 보고자 하는 착한 작가 코스프레이기도 하고,
작가와 출판사가 공통적으로 추구해야 하는 본질적인 목표가
무엇인지 생각해 보고 싶기도 했다
(작가들 편을 들 수밖에 없는 작가가 쓴 글이지만).

그리고 수백 번 거절을 받아 본 나를 그대가 토닥거려주며
거절에 대한 두려움은 저리 가라,
하고 글 쓰는 작가로 함께 살아남았으면 한다.

거절의 매뉴얼

안녕하세요.

원고 검토 결과,

저희 출판사의 출간 방향과는 맞지 않아 출간할 수 없음을 알려드립니다.

원고를 보내주신 점에 대해서는 진심으로 감사드립니다.

전형적인 출판 거절 답장의 내용이다.
이는, 당신의 원고가 잘 팔릴 것 같지 않다는
출판사의 생각을 최대한 정중하게 표현한 것이기 때문에
'출간 방향이 맞지 않다'라는 거절 답장을 받았을 때에는
자신의 원고를 다시금 살펴보라고 조언해 주는 책이 있었다.
그리고 진짜 출간 방향이 맞지 않는 경우도 있다 한다.

또 다른 출판사에서 받았던 거절 답장을 소개한다.

안녕하세요.

분야가 맞지 않으면 이렇게 보내셔도 소용이 없습니다.

저희는 여행서만 출판하는 00 출판사입니다.

원고를 반려합니다.

나의 답장 내용은 이러했다.

여러모로 번거롭게 해 드려 죄송합니다.

저는 00 출판사에 처음으로 투고했는데 보내주신 답장 내용이

조금 당황스럽기도 합니다.

투고하는 사람으로서는 서점에서 분류해 놓은 도서 분야 진열대를 참고로,

에세이를 출간한 출판사 메일주소를 파악해서 투고를 합니다.

그렇기 때문에 '에세이' 진열대에서 출판사 메일주소를 적어와도

실용서만 출판한다거나 동물 내용으로만 출판한다는 곳도 있더라구요.

00 출판사도 마찬가지인 듯합니다.

담당자님,

불특정 다수를 대상으로 하는 출판사의 브랜드를 생각하고 계시리라,

그리고 출판사에서 일을 하신다는 것은 책을 내고자 하는

사람들의 진심을 어느 정도 알고 계시리라 믿고 말씀드립니다.

일에 대한 번거로움 보다 투고를 하시는 사람들의 마음을 조금만 더 이해해 주시고

답장을 보내주시면 당황스러움 보다 고마운 마음이 더 들 것 같아요.

다가온 가을 날, 더욱 더 행복하시고 건강하세요.

그 후로, 번거롭다고 생각했다면 거절 답장조차 보내지 않았을 것이다,

본인이 쓴 글의 포지션을 정확히 알고

그에 맞는 출판사를 파악해 보라는 다정다감한 답장을 다시 받게 되었다

(분명, 에세이를 출간한 이력이 있는데, 자신의 출판사는 에세이 분야를 담당하지 않는다는 거절 답장을 보내는 곳도 간혹 있다).

출간 확률을 높이고 싶은 무모한 간절함으로

100군데 출판사에 투고를 하는 것보다

600군데 출판사에 투고를 하고 싶은 것이 나의 솔직한 심정이다.

그런데 이걸 언제 다 연구해 보겠나.

그냥 맨 땅에 헤딩하는 거지.

다시 한 번 더 강조한다.

이 글은 출판사 대표님이나 투고 담당자가 쓰신 글이 아니라,

지극히 작가 입장에서 작가가 썼다.

솔직한 거절에 감사합니다

백미정 선생님, 안녕하세요!

선생님의 귀한 원고 잘 받았습니다. 그리고 잘 읽었습니다.

너무 진솔한 내용이 가슴을 파고 드네요.

죄송합니다.

저희 출판사 사정이 여의치 않아 당분간 신간 출시가 보류된 상태입니다.

도서 시장이 그리 녹록치는 않아서 버티려고 하다 보니 섣불리 덤빌 수가 없네요.

하지만, 저희 출판사가 힘이 있다면 한 번 밀어보고 싶을 정도의

원고임에는 틀림이 없습니다.

다른 출판사에서 출간이 된다면 어쩔 수 없겠사오나

만일 출간이 안 된다면 저희가 힘을 기른 후 꼭 다시 연락드리겠습니다.

내내 건강하세요.

또한 감사드립니다.

노력하는 모습에.

솔직한 성격이 장점이자 단점인 나는, 솔직함에 약하다.
그냥 출간 방향이 맞지 않아서 원고를 반려한다고 해도 괜찮으셨을 텐데,
어려운 출판사 사정을 이야기하면서까지,
노력하는 모습에 감사까지 해 주시니 작가인 나 또한 감사한 마음을
카페모카에 올려 진 휘핑크림처럼 듬뿍 가지게 되었던 메일 내용이다.
출판사 대표님이 나에게 보낼 답장을 쓰고 계셨을 당시,
약간 찌푸려진 표정으로 한숨을 쉬는 모습이 상상이 될 정도였다.
그래서 그런지, 내 원고가 탐난다는 말씀에 시선과 마음이 올인되어
진짜 믿어버렸다.

기대는 적당한 선에서

편집장님!

'꿈인가 생시인가'라는 말은 이럴 때 쓰는 거죠?

아이들 재우면서 잠들었다가 번뜩 잠이 깨었는데 정신이 말똥말똥.

글 쓰려고 노트북 켜고 의자에 앉았습니다.

계약해 주신 원고는, 제가 책이 너무 내고 싶어서

이번 봄날에 새벽 틈틈이 썼던 글입니다.

그리고 제본으로 20권 만들어서

기쁨의 눈물을 흘리며 보고 또 보고 했더랬지요.

지인의 소개로 '자이언트 북 컨설팅'을 알게 되었고

자비 출판이 아닌 기획 출판의 길이 있음에

기대 반, 불안 반으로 7월에 수강을 하게 되었어요.

아마, 글 쓰는 기술들을 가르쳐 주셨다면 저는 실망했을 거예요.

하지만 글을 쓰고 싶은 마음에 대한 동기부여를 해 주시는

오프라인 강의 후에 각자의 삶의 이야기를 마음껏 써 보라 하셨습니다.

매번 짧은 2행시를 써 왔던 저는,

저 자신에 대해 주저리 주저리 쓸 수 있는 솔직함과 용기를

배우기 위해 에세이를 썼습니다.

이렇게 편지를 드리게 됨은,

저의 첫 번째 원고든 두 번째 원고든 글만큼은 처음부터 끝까지

제가 쓰고 그 누구의 편집과 교정 없이 투고를 드렸던 거지만,

편집장님과 통화하는 과정에서 100퍼센트

저 혼자만의 힘으로 이루어 낸 것처럼 말씀드린 점이 마음에 찔려서요.

제 마음 편하자고 편집장님께 이렇게 편지를 쓰고 있는 건지도 모르겠지만,

그래도 정확하게 말씀드리는 게 맞는 것 같습니다.

올해도 벌써 2달밖에 남지 않았네요.

'벌써'라는 건, 그동안 잘 살아온 내 삶에 대한 뿌듯함 같은 거겠죠?

몸 건강, 마음 건강하세요.

부채 없이 자산이 4천 억 넘는다는, 출판하는 책들마다 겁나 잘 팔리는

대형 출판사와 계약을 하게 되었던 경험이 있다.

그리고 편집장님께 귀한 답장도 받게 되었고.

작가님 마음이 담긴 글, 잘 받았습니다.

이전에도 이런 느낌의 메일을 받았던 기억이 있습니다.

그 메일의 주인공들은 대형 베스트셀러 저자가 되어 있습니다.

원고를 책으로 변모시키는 데는 많은 비용이 투여되고

다시 상품가치를 높이는데 추가비용이 발생됩니다.

그러니 이 예쁜 마음을 배경으로 연말까지 최대한 글을

더 더 다듬고 예쁘게 만들어 주는데 사용해 주시면 좋겠습니다.

유치한 부분은 덜어내고,

본인 위주 얘기가 긴 부분은 삭제하고,

모두가 함께 느낄 수 있는 공감의 부분은 더 강화하는

숙련의 시간이 충분히 남아있습니다.

이 시간을 헛되이 보내면 아마도 서점이라는 치열한 전쟁터에서

이 소중한 책은 동력을 잃고 전사하겠지요.

나가기 전에 이미 결정되는 싸움터입니다.

출간을 자신의 영광과 뜻 깊은 추억,

그리고 명예로 원 없이 느끼시고 그 감정이 누그러질 때쯤

독자와 세상으로 시선을 돌려 깊이 있는 시간을 보내주세요.

한 말씀 더 드리면, 좋은 재료가 있어야 훌륭한 음식이 나오듯

원고의 질이 좋고 높을수록 수십 배 뛰어난 책으로 전환될 수 있습니다.

즐거운 저녁 보내시고요.

내년 출간 시기가 정해지면 담당자가 다시 연락드릴 거예요.

감사합니다.

공유에게 받게 된 편지마냥, 읽고 또 읽으면서 좋아라 했던 답장,
글이 잘 써지지 않을 때마다 읽고 또 읽으면서 빙그레 미소 지었던 답장이었다.
그런데 어찌하랴, 세드 엔딩이다.
풋풋하고 훈훈했던 편집장님과의 인연은 9개월 뒤,
"갑자기 출간 방향이 바뀌었어요. 계약 취소했으면 합니다."
라는 20대 중반 목소리의 에디터님 전화로 끊기게 되었다.
계약을 편집장님과 했으면 취소도 편집장님과 해야 되는 거 아니냐,
이렇게 중요한 변경사항을 전해 주시면서 적어도
팀장님이 전화를 주셔야 되는 거 아니냐며 지푸라기라도 잡아 보려고 했다.
뭐, 팀장님과 통화를 하긴 했다.
물고 늘어지는 나의 말에 짜증 섞인 팀장님의 목소리를 들으며
엉엉 울고는 결국 끝이 났지만.
물고 늘어질 것까진 없었는데, 울 것까진 없었는데. 몹쓸 짓을 했구나.
오기인지 모르겠다.
맞다, 오기.
여기 출판사에서 꼭 책을 내 보고 싶다는 생각이.

무명작가의 에세이는

안녕하세요, 백미정 님.

00 출판사 000 주간입니다.

11월 중순쯤 투고해주셔서 그때 잠시 검토했던 기억이 납니다.

솔직히 말씀드리면,

필력도 좋으시고 내용도 흥미롭게 잘 읽히나,

주제 및 내용이 너무 개인적이어서 시장에서 어느 정도 경쟁력이 있을지 모르겠습니다.

유명 작가 에세이도 쉽지 않아서 말이죠.

그렇다면 주제나 컨셉이 독자의 니즈에 강하게 부합해야 하는데

이 점에서도 특별한 강점을 발견하지 못했습니다.

출판사 입장에서는 최우선적으로 이 책이 얼마나 팔릴 것인지를 판단합니다.

필력이나 내용 등은 당연히 완성도가 있다는 전제에서 말이죠.

좋은 글이어서 더 아쉽지만, 반려하며,

건승을 기원합니다.

'필력과 흥미가 있는 좋은 글'이라는 말에 꽂혀서는
거절 또한 즐거웠던 답장이다.
단점이 섞여 있는 장점 어필은 진심이라 믿어진다.
그리고 에세이 형식의 글에 대한 내 생각,
독자의 니즈에 대한 내 생각을 답장으로 드렸다.

이렇게 진실된 피드백을 받게 되는 것은,
거짓말 조금 보태서 출간 계약 성사될 때보다 더 기쁜 듯해요.
정상이 맞는 걸까요?
주간님의 답글을 읽으며 오늘 내내 싱글벙글입니다.
귀한 시간 내어 솔직한 피드백을 해 주신 점,
제 글이 좋다고 칭찬해 주신 점,
천편일률적인 내용이 아니라 저만을 위한 답장이라는 점
모두가 싱글벙글의 합집합입니다.
감사해요.
그리고, 감정이 상하지 않는 이상, 저 역시 제 주장을 표현하는 편이라
몇 십 글자 보태자면……. (몇 백 글자가 될 수도 있을 듯해요)
독자로서 저는 타인 삶의 이야기를 좋아합니다.
그것이 지극히 개인적인 이야기라 해도 오직 그 사람만이 쓸 수 있는 글입니다.
강남 한복판에서 람보르기니를 타고 내리는 작가든,
경남 진주에서 거미와 무당벌레를 벗삼아 이야기하는 작가든,
사람 사는 이야기가 '에세이'라는 장르니 제 글도 그럴 수밖에 없지 않나 싶어요.

아직 마흔도 되지 않는 제가 독자의 니즈를 채워줄 수 있을지 의문이 들어

독자에게 전하고자 하는 메시지가 있을 때에는

'나는 이렇게 생각한다'라는 아이 메시지 기법으로 글을 쓰고 있습니다.

출판사는 이익의 경중을 따져야 하는 사업체이고,

작가는 순수함을 무기 삼는 어리석음을 가지고 있어야 하는 업이고,

그래서,

출판사의 애로사항과 작가의 여러 가지 고민을 해결할 수 있는 접점은

'유명 작가가 쓴 글'이 아닐까 싶습니다.

(저의 무능함을 포장해 보려는, 자기 합리화가 포함되어져 있는 주관적인 답입니다)

설렘보다 아쉬움이 더 큰 12월이지만,

그래도 늘 그러했듯, 눈에 보이지 않는 그 망할 희망 때문에

오늘도 머리카락 쥐어뜯어 봅니다.

연말의 기운을 빌려 행복을 많이많이 전해드리고 싶습니다.

건강하시고, 승승장구하세요. 진심입니다.

우리 출판사만의 작가를 원해요

백미정 선생님.

00 출판사입니다.

투고는 제 담당이 아닙니다만, 메일과 문서를 약간 읽고 느낌이 있어 몇 자 적습니다.

책을 많이 계약하신 부분이 걸리네요.

아이를 키워보셨겠지만 생명을 세상에 많이 탄생시키는 것이 중요한 게 아니라

하나라도 잘 키우는 게 중요하다고 생각합니다.

출판사 입장에서 보면 백 선생님의 왕성한 의욕에 오히려 겁이 날 수 있습니다.

"6번째 아이의 산파 역할을 맡아 달라구?" 이런 식으로요.

어느 회사나 그렇겠지만 저희는 공들여 책을 만들고,

책의 출간과 함께 저자를 세상에 런칭하는 데에서 보람을 느낍니다.

약간의 단독성도 갖길 원하구요.

출판사라면 그런 생각할 겁니다. 이해해주시길.

선생님의 기획안과 글에서 좋은 착점과 스피디함 등, 여러 장점을 느꼈습니다.

정진하시면 우리 사회에 큰 도움 주실 분입니다.

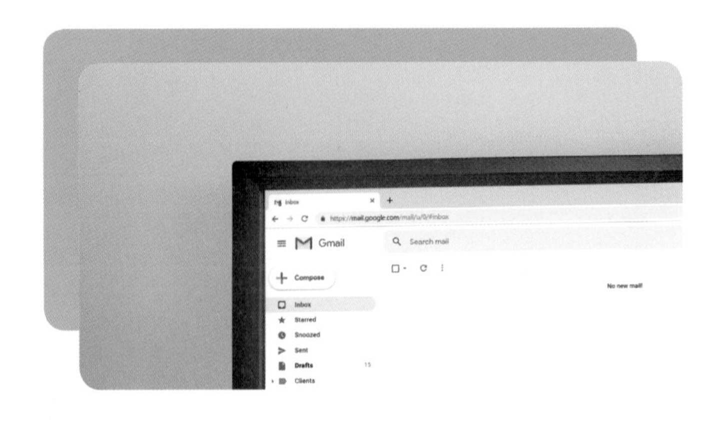

이 메일, 무례할 수도 있습니다. 죄송합니다.

감사합니다.

이에 대한 나의 답이다.

출간 거절 답장을 수없이 받아보았지만,

이렇게 자신의 생각을 정성스레 답글로 보내주신 곳은 손가락으로 꼽습니다.

그래서 먼저, 진심으로 감사드려요.

작가인 제 생각을 적어 봅니다.

1.

아이를 한 명 낳아 잘 키우든, 여러 명 낳아 잘 키우든

그것은 부모의 역량이라고 생각해요.

능력 되면 낳는 거고, 그 때마다 산파가 도움을 주는 거죠.

“너는 아이 많이 낳았으니까 이제 그만 낳아. 난 너만의 산파가 되고 싶어.

더 이상 니 아이 안 받아줄거야”라고 말하는 산파, 좀 그래요.

저도 이렇게 글을 빨리, 많이 쓰게 될 줄 몰랐어요.

어렸을 때부터 책 읽기를 좋아했었고 글쓰기는 본능 같은 거였는데,

그게 어느 순간 터진 것 같아요.

쓰고 싶어서 썼고, 투고했는데 감사하게도 여러 출판사에서 계약을 해 주셨어요.

2.

출간과 저자의 런칭에서 보람을 느끼는 출판사라니 너무 반갑습니다.

제가 겪어본 여러 출판사들은 책 판매량이 0순위였거든요.

책이 팔리지 않는 결과의 원인을 모두 작가 탓으로 돌리는 것에 짜증이 나 있었는데,

순수한 목적을 가지고 계신 분을 만나 좋아요.

3.

제 글을 보고는 신경림 작가님 만큼의 문체와 독특성이 있다고

극찬해 주신 출판사도 있었고,

한 번 웃고 말 것 같은 글을 누가 내 주냐는 출판사도 있었답니다.

(셀프 디스 하는 이상한 작가입니다)

삶의 양면성처럼, 같은 상황에서 다른 생각들을 할 수 있습니다.

옳고 그름의 문제가 아닌 이상, 크게 따질 생각 없어요.

그래서 선생님의 답장도 좋구요.

4.

단독성을 이야기하셨는데…….

세상에 유익을 위하는 사람들의 공통점 중 하나는, 대중성이 아닐까요?

많은 사람들에게 현실적인 희망과 긍정을 이야기하면서

세상이 조금이라고 바뀌길 원한다면 단독성이 아니라,

보편성과 대중성이 우선시 되어야겠죠.

출판사의 목적과 가치관, 작가의 사명감과 가치관이

합일이 되는 지점을 찾게 되면 좋겠어요.

그리고, 선생님의 예언(?)대로 제가 사회에 좋은 영향력을 주는 작가가 되었음 해요.

점점 더워지는 날씨에 몸 건강 마음 건강하시고 승리하셔요.

내가 보낸 답장에 스스로 뿌듯해 했던 기억이 남아 있다.

지금 다시 읽어보니 오글거리기도 하다.

작가 입장에서만 썼나 싶기도 하고.

어쩌겠는가.

서로의 입장이라는 게 있는데.

착하게 구는 것은 여기까지.

왜 책을 내려고 하세요?

백미정 님.

안녕하세요.

00 출판사입니다.

보내주신 원고를 보면서 많은 생각이 들었습니다.

우선 말씀드리면, 저희는 소규모 출판사인지라 한 해 출간 종수가 많지 않습니다.

다양한 분야의 책에 도전하기엔 여력이 부족하기 때문에

한 해 출간 도서를 전년도에 미리 계획하고 진행하는 방식입니다.

따라서 투고되는 것 중에서 어떤 원고를 갑자기 채택해 출판에까지 이르도록

도움을 드리기는 여건상 불가능합니다.

그래서 통상 원고를 출판할 수 없다는 간단한 메일로 회신을 드리곤 합니다.

하지만 백미정 님께는 좀 더 실질적인 조언을 해드리고 싶은 마음이 들었습니다.

삶의 여러 굴곡들, 꺼내놓기 힘든 아픈 이야기들을 담고 있음에도

보내주신 글이 밝고 명랑하며 심지어 유머러스하게 읽히는 것은

아마도 백미정 님의 긍정적인 성격 덕분일 겁니다.

쉽게 잘 읽히는 글이고 아마 말씀도 잘하실 것 같네요.

타고난 글재주도 있으신 편입니다.

그런데, 왜 책을 내고자 하시는지에 대해서는 고민해보셨는지요?

누구나 남에게 내보이기 싫지만 또 위로받고 싶은 자기 모습이라는 것이 있습니다.

그런 내면의 그늘을 어루만지는 방법으로서 글쓰기는 힘이 될 수 있습니다.

하지만 출판이라는 것은 그 근본 개념이 '공공성'을 획득하는 일이라고

저는 생각합니다.

나의 사적인 이야기가 공공의 자산으로 확산될 수 있는가, 왜 확산되어야만 하는가,

이러한 질문을 스스로에게 던져볼 필요가 있겠지요.

저희처럼 작은 출판사에도 매일 3~4편의 투고 메일이 옵니다.

그런데 거의 대부분의 원고들이 사적인 경험들을 담고 있습니다.

잘 쓰고 못 쓰고를 떠나,

글쓰기를 통한 자기치유로선 효과적일 수 있으나

그 중 자서전이라 불리지 않고 에세이나 인문서로 불릴 수 있는 원고는 무척 드뭅니다.

요즘 책들이 너무 유사한 성격으로 몰리다보니

독자의 입장에선 아무나 내는 책처럼 보일 수도 있구요.

정말 많은 책들이 나왔다가 흔적도 없이 사라지고 있습니다.

하지만 독자의 손에까지 닿는 책들은 어떤 이유들이 있을 겁니다.

그 이유를 저 또한 납득할 수 없는 경우가 많지만, 그래도 결과의 차이는 극명합니다.

백미정 님께서 읽고 인상적이었던 책들도 아마 그런 책들이었을 겁니다.

그렇다면 나 또한 그렇게 읽힐 수 있는 이야기를 하고 있는 것일까

생각해보시면 좋겠습니다.

제가 백미정 님 글에서 가장 인상적이었던 것은 책을 정말 많이 읽으셨다는 점입니다.

많은 투고자들이 책을 내고 싶어 글을 써서 보내주시는데,

정작 읽지는 않고 쓰기만 하는 분들이 참 많았습니다.

읽지는 않으면서 읽히고 싶은 욕망만 있다는 것은 이상한 일입니다.

그래서 요즘 책이 점점 더 안 팔리는데

책을 내고 싶다는 사람은 점점 더 늘어나는 거겠지요.

그에 반해 백미정 님은 책을 읽으면서 이미 많은 것을 얻어냈다는 생각이 들었습니다.

그러나 이미 백미정 님께서 글에도 쓰셨다시피

"책을 읽고 글을 쓰는 그 행위가 나를 남들과 다르게 만들어줄 것 같아서"라는

이유만 가지고는(나는 글을 쓰는 이유를 이렇게 어필한 적이 없는데 다른 글과 혼동하신 듯하다)

결코 좋은 글을 쓸 수 없습니다.
청소년이라면 이 정도 막연함으로 습작을 시작할 수 있어도
성인이 다 된 후에 시작하는 글이라면 쉽지 않을 겁니다.
책을 낸다는 것, 작가가 된다는 것은 인생에 한 번 일어나는
이벤트가 되어선 안 된다고 생각합니다.
좀 더 책임감을 필요로 하는 일이 되어야겠지요.

그러나 이 모두는 전적으로 저의 사견입니다.
다른 출판사의 편집자라면 또 다른 이야기를 해줄지도 모르겠습니다.
투고를 저희에게만 한 것은 아니실 테니,
적극적인 출판사와 인연이 닿는 행운이 함께하시길 기원합니다.
투고해주셔서 감사합니다.
건강하세요.

나만이 쓸 수 있는 내 삶의 이야기가 또 다른 사람에게
'희망'이라 불릴 수 있음은 부인할 수 없는 사실이며,
자서전 느낌의 책들을 출간해주는 출판사는 반드시 있다.
한 가지 주제와 천 명의 작가가 있으면
한 가지 주제로 천 개의 글이 탄생되듯,
천군데 출판사가 있으면 천 개의 생각이 있다.
그러니, 써 보자.

읽지는 않으면서

읽히고 싶은 욕망만 있다는 것은

이상한 일입니다.

책을 낸다는 것,

작가가 된다는 것은

인생에 한 번 일어나는 이벤트가 되어선 안 되며

좀 더 책임감을 필요로 하는 일이라고 생각합니다.

'독서'와 '책임감'은 우리 작가들이 노력해야 하는 부분이라고 생각한다.
내 책을 읽어주실 독자에 대한 예의,
내 책을 출간해주실 출판사에 대한 예의,
작가로 살고 있는 나 자신에 대한 예의이다.
그리고 어느 지점이 지나면 마주하게 될,
'나는 왜 글을 쓰는가? 나는 왜 책을 내고 싶어 하는가?'에 대한 질문은
머리와 가슴과 볼펜과 노트에 달고 살아야 될 것이고.

(이번 장에 소개드렸던 거절 답장의 주체인 모든 원고는 출간 계약을 했거나 책으로 출간되었다)

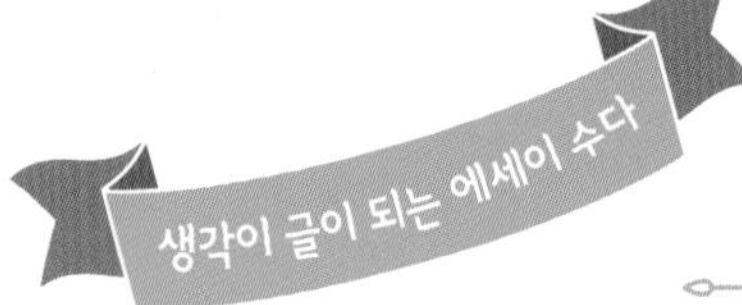

살다 쓰다, 쓰다 살다

이제 막 글을 쓰기 시작한 누군가가 나에게 "잘 쓰고 싶은데 너무 막막해. 어쩌면 좋지?" 라고 묻는다면 이렇게 말해주고 싶다.
"잘 쓰려고 하지 말고 편안하게 쓰려고 해봐."

- 이하루. 내 하루도 에세이가 될까요? 상상출판 -

살아가면서 만나게 되는 모든 일들은 반드시 그 이유가 있다는 말에 더 이상 반박하지 않는다. 좋은 일이든 나쁜 일이든 그 일이 나에게 일어났을 때에는 반드시 이유가 있으며, 나는 이제 그 이유를 이렇게 설명하고 싶다.
"나의 경험을 있는 그대로 받아들여 타인의 삶에 도움을 줄 수 있는 스토리로 만들어라!"

- 이은대. 강안독서. 바이북스 -

쓰는 과정에서 모호함은 섬세함으로, 속상함은 담담함으로 바뀌었다. 물론 글쓰기로 정리한 생각들은 다른 삶의 국면에서 금세 헝클어지고 말았지만, 그렇기에 거듭 써야 했다. 어차피 더러워질 걸 알면서도 또 청소를 하듯이 말이다.

- 은유. 다가오는 말들. 어크로스 -

강요된 평화가 아닌 정직한 불화를 위해, 나는 앞으로도 계속 쓰는 사람이고 싶다.

- 홍승은. 당신이 글을 쓰면 좋겠습니다. 어크로스 -

글 쓰는 여자는 결국 승리한다.

- 장영은. 쓰고 싸우고 살아남다. 민음사 -

Part 7

물음표가 느낌표로 진화하면서

: 작가가 된다는 것

물음표와 느낌표의 반복과 순환이 자기만의 사유를 낳는다.

은유 작가님의 말은 이런 뜻이었다.

끊임없이 질문하고 발버둥 쳤던 고민거리는 자기 때가 되면 깨달음으로 발화하고,

또 다른 고민거리를 잉태하면서 또 다른 깨달음도 약속해 준다는 진리였다.

내가 반복하고 순환하고 있었던 물음표와 느낌표의 문장들이 문득, 정말 문득 떠올랐다.

'영혼을 살리는 작가가 되고 싶다!'라는.

고개를 저으며 '어디서 거짓말하고 있어?'라고 되뇌였던.

'남들에게 그럴싸하게 보이고 싶어서 만들어낸 말이지?'라고 비웃었던.

이제 인정할 수밖에 없었다.

겁나게 글이 써지지 않던 날에도 내 글을 읽고

다시금 하루를 살아낼 얼굴 모르는 독자를 품고 볼펜을 쥐었음을.

자기 자신을 향해 물음표를 던지고 느낌표를 받아내는 것이

글쟁이가 가야 할 길이다(던졌던 물음표를 다시 받아내는 것도 느낌표에 포함시키고 싶다).

결국 한 사람으로 잘 살아내는 것이 나 자신을 살려주는 글쟁이의 길이며,

나 자신을 살려주어 타인도 살게 해 주는 것이 글쟁이의 길이다.

작가란, 나와 타인의 영혼을 살려주는 글쟁이다.

'작가라는 뜻은 무엇인가' 글자에 덕지덕지 붙어 있던

물음표가 느낌표로 진화하면서 코가 빨갛게 되었다.

'벅찬 감동과 희열'이라는 진부한 표현을 내 몸이 경험하고 있다는 뜻이다.

나,
글 쓰는 엄마야!

내 책상 왼쪽 귀퉁이와 오른쪽 귀퉁이에는 각각 6권의 책들이 쌓여 있다.

우울이 땡기는 날에는 시집을,

아들 셋이 땡기는 날에는 부모교육 책을,

문장이 땡기는 날에는 글쓰기 관련 책을 책꽂이에서 보이는 대로 뽑아온다.

책표지를 쓰다듬는 의식을 시작으로 책장을 차례차례 넘긴다.

책 속 문장들로 영혼에 수혈을 받고 나면

에너지를 분출하고 싶은 욕망을 느낀다.

글쓰기 좋은 타이밍이다.

나무향이 나는 노트를 펼치고 생일선물로 받았던

1만 5천 원짜리 샤프를 꺼내 든다.

"엄마, 책 만들게? 엄마는 글 쓰는 게 재미있나 봐."

내가 글 쓸 몸짓을 보일 때마다 아들 셋이 한 번씩 돌아가며

내뱉는 마침표 문장이다.

"엄마 글 좀 쓰게 조용히들 놀아 줄래?"

아들 셋의 목소리와 동작을 곧장 낮추게 하는

나의 귀한 물음표 문장이다.

"엄마 베스트셀러 작가 되면 좋겠다!"

아들 셋이 엄마의 앞날을 염원해 주는

단 하나의 느낌표 문장이다.

"우리 다음엔 뭐할까?"

"글 쓰자."

"나는 소설 쓸 거야."

아들 셋이 게임을 마치고

다음 놀이로 선택한 것은 '글쓰기'였다.

나, 글 쓰는 엄마다.

부티 나는 호칭

"아이고, 백 작가님."

15년 전, 내가 어린이집 교사 시절이었을 때 원감님이셨던 분이
원장님이 되셔서 안부를 주고받게 되었다.
글 쓰는 작가가 된 나를 '작가님'이라 칭해 주시는 것이
어깨 으쓱할 일이었는데, 자기 주변에 작가가 있다는 사실이
그렇게 뿌듯하고 좋다는 말씀까지 해 주셨다.

"이열~, 백 작가! 니 성공했다."

사람들은 하나같이 이상했다.
기분 좋게도. 내 책이 출간되었다고 알리면
"성공했네"라는 대답이 여기저기서 메아리처럼 들려왔다.
보험회사에서 '팀장님'이라 불려졌을 때,
어린이집에서 '선생님'이라 불려졌을 때,
교육기관에서 '실장님'이라 불려졌을 때와는 공기가 달랐다.

바뀐 호칭 하나로 수입이 불어난 건 아니었지만
'작가님'이라는 타이틀 앞엔 꼭 감탄사가 붙었다.

"제가 친정 가서 설거지를 하려고 하는데 엄마가 그러는 거예요.
글 쓰는 귀한 손에 물 묻히면 안 되니까 가만히 있으라고."
나의 지인 작가 이야기다.
우리 엄마는 내 손을 얼마만큼 귀하게 여기고 있는지 모르겠지만,
내가 작가가 되고 난 후 엄마의 카톡 프사 글귀가
'참회'에서 '큰 따님이 작가가 되었어요'로 바뀌게 되었다.

글 쓰는 작가가 되었다는 것은 어떤 의미인가.
나의 이미지와 엄마의 마음을 업그레이드해 주는
부티 나는 호칭을 얻게 되었다는 뜻이다.

아이들과 딜이 가능해지다

"엄마가 책을 사 보고 싶은데, 돈이 없네."

"……."

"음, 엄마가 베스트셀러 작가 되면 용돈으로 30만 원씩 줄께.
지금은 엄마한테 투자하는 셈 치고, 책 사볼 수 있게 니네 용돈 좀 나눠줘 봐."

"정말?"

순진한 막내는 즉각 반응을 보였다.

"엄마 약속했다. 엄마 책 베스트셀러 되면 진짜 30만 원 줘야 해."

흥분한 둘째는 재확인을 했다.

"그런데 베스트셀러라면 얼마만큼 책이 팔려야 되는 거야?
엄마가 만약에 1억 벌어도 30만 원만 줄 거야?"

별명이 '김 검사'인 장남은 표정의 변화 없이 물어보았다.

"엄마도 몰라. 1억 벌게 되면 그건 그때 가서 이야기하고, 일단 30만 원은 보장한다."

장남은 지갑에서 1만 5천 원을, 둘째와 막내는 자신들의 돼지저금통에서
각각 만 원씩을 빼서 나에게 건네주었다.

"3만 5천 원이면 책 세 권도 못 사 보는데……."

나의 소심한 중얼거림에 장남은 한숨을 쉬며 5천 원 권 문화상품권을,

둘째는 돼지저금통을 탈탈 털어 7천 원을 더 얹어 주었고,

막내는 "이제 돈 없어. 그래도 나중에 30만 원 주기다"라며 못을 박았다.

4박 5일 한 우물만 파도 아들 셋이 준 돈을 얻을 수 없다.

말 몇 마디에 아들 셋과 거래를 할 수 있는,

나는 엄마작가다.

착한 엄마가 되다

글쓰기는 글 쓰는 사람의 인격이
최상으로 발휘되도록 하는 속성이 있다고 한다.
"글 쓰는 사람이 되고 나서는 내 맘대로 살 수가 없어요."
3년 전, 선배 작가님이 느린 말투 속에 흥분을 감추고 하셨던 말이다.
이젠 나도 공감한다. 글쓰기는 나를 속박하니까.

영감이 팔딱팔딱 거렸던 어느 날,
나는 하루에 다섯 꼭지의 글을 쓰고 있었다.
아들 셋과 함께하는 생활 이야기에 부모교육 이론을 곁들여
엄마로서 반성하고 깨닫게 된 생각들을 써 내려 갔다.
글이 잘 써지니 기분이 좋았고
'성찰하는 엄마'인 내 모습에 기분이 좋았고
'하루에 다섯 꼭지의 글'이라는 기대 이상의 성과물이
눈에 보여서 기분이 좋았다.

이 날 나는, 막내가 입으로 피슝피슝 소리를 내며 장난감 총을 가지고 놀아도,
둘째가 심심하다며 "아, 짜증나!" 외쳐도,
장남이 "됬다가 맞아? 됐다가 맞아?" 물어보아도,
천사 부럽지 않는 부드러운 미소와 손짓으로
아들 셋을 바라보는 엄마가 되었다.
잔소리 한 번 하지 않는 나를 보며
막내는 고개를 약간 갸우뚱거리더니 말했다.
"엄마가 우리 엄마가 아닌 것 같네. 가면 썼지?"

'글 쓰는 엄마는 뭐가 달라도 달라야 되지 않을까?'라는
자기체면을, 우월감을, 엘레강스함을 장착해서
착한 엄마가 되어보는 것, 나쁘지 않았다.

주의

되고할 때에는 신경이 예민해지므로, 아이들과 떨어져 있는 것이 서로에게 유익하다.

친정 엄마에게
당당하게 용돈 드리자!

글을 써서 집을 사고 새로 산 집에서 다시 미친 듯이 글을 썼던
《태평양을 막는 방파제》의 저자, 마르그리트 뒤라스.
내 로망의 일부분도 글쓰기로 돈을 벌어 집을 살 수 있게 되는 것이다.
여섯 권의 책을 출간하기까지
'돈을 꽤 벌었다' 할 만큼 책이 팔리지는 않았다.
그래도 나는 여전히 글을 쓴다.
글쓰기는 '나만의 것'이라 당당히 말할 수 있는 삶의 모양이고
내 존재를 증명해 보이는 고급스런 수단이며
권태와 무기력 속에서도 글감을 찾아낼 수 있는 오아시스 영역이다.
또한 어느 누군가의 손에 닿는 필연으로 그 사람 삶의 한 조각이 된다는 것,
어느 누군가의 마음에 닿는 필연으로 희망의 한 조각도 되어줄 수 있다는 것이
짜릿한 일이다.

엄마, 아내, 주부, 그리고 여자가 아닌 '온전한 나'를 지켜갈 수 있기에,
타인에게 삶의 양면성을 또렷하게 보여주면서도
삶의 묘미에 손 들어줄 수 있도록 돕기에,
글쓰기의 가치는(글쓰기를 하는 작가의 가치는) 다이아몬드 급이다.
그리고 '작가'라는 이름은,
내가 큰 딸로서 친정엄마에게 폼 제대로 날리는 일을 하게 해주었다.

원고료를 받고 보니, 엄마와 글이 연결되어 있는 기억들이 하나 둘 떠올랐다.
초등학교 시절, 야외 글짓기 대회가 있을 때마다 엄마는 나의 매니저가 되었다.
내 주변을 왔다 갔다 하며 들릴 듯 말 듯한 목소리로
"백미정, 으쌰으쌰. 잘 할 수 있다." 응원을 보내 주었다.
주제어가 '도시락'이었던 날, 빈 종이를 내려다보며
인상을 찌푸리고 있으니 또 들릴 듯 말 듯한 목소리로
"엄마가 매일 아침마다 도시락 싸 주제?
엄마한테 고마운 마음을 반찬 맛에 비유해서 써 봐라."
커닝 페이퍼 같은 팁을 주기도 했다.
아빠에게 쓴 소리를 들으면서도 60권 전집의 창작동화책을 사 주었고,
27권 완결의 만화책도 한꺼번에 빌려 주었다.
제일 행복하게 저장되어 있는 시각과 후각은,
엄마 팔베개를 하고 엄마와 함께 책을 읽어내려 갈 때,
창문 너머에서 시샘하던 햇빛과 책에서 나던 나무향이다.

'엄마 덕분에 큰 딸이 작가가 될 수 있었어요.
강 여사께 모든 영광을 돌립니다.'

원고료를 5 대 5로 나누어 엄마에게 부쳐드렸던 그 날의 쾌감이란!
앞으로는 '엄마, 미안해요'라는 주부 타이틀보다
'글쓰기로 돈을 벌었다'라는 작가 타이틀이 더 어울리는 사람이 되어
엄마에게 단 한 번만이라도 원고료를 몽땅 드려보고 싶다.
나의 정체성을 지켜준 글쓰기 값을,
타인의 행복을 도와줄 수 있는 글쓰기 값을
친정 엄마(또는 친정 엄마 같은 분)에게 드릴 수 있는 업, 엄마작가이다.

한 사람의 현실과 꿈을 위한

"그래서 뭐 어떡하라는 건데?"

나의 첫 에세이 책을 읽고 나서 지인이 미소를 쪼개며 한 말이다.

그런가, 싶었다.

내가 살아 온 이야기와 내가 가졌던 감정들을 솔직하게 써 내려 간 글은

작가에게 자기 만족이나 자기 성찰을 가져다주지만,

독자에겐 육지와 떨어져 있는 섬과 같은 흐릿함인가 보다, 싶었다.

육지에서 바라보는 섬도 좋은 마음으로 보면 운치 있을 텐데.

작가인 내가 글을 쓰며 독자들에게 무언가를 전해 주고자 하는

마음을 가지지 않아 그랬던 건지(3년 전에는 독자를 위한다는 마음이 잘난 척 같았다.

'내가 뭐라고 누군가를 위로해 준다는 거야?'라는 생각이 지배적이었다),

독자인 지인은 작가의 삶을 통해

자신의 삶을 다시금 바라보고자 하는 마음이 없어 보였다.

내 책표지를 멍한 시선으로 바라보게 될 때 즈음,

내가 모르는 서평단 중 한 분이 카톡을 보내 오셨다.

백미정 작가님, 안녕하세요?
이번에 공간 카페에서 서평 신청을 하고 작가님 책을 받아본 최지애라고 합니다.
책 제목에 관심이 생겨 신청했었는데, 작가님 글을 읽는 내내 웃으며 울며
공감과 위로가 되었습니다.
따뜻한 책, 좋은 책을 써 주셔서 감사 인사드리고 싶어 우편물에 적힌 번호를
저장하고 이렇게 인사드려요.
힘이 드는, 지금의 제 상황에서 작가님 책을 만나 너무 좋았습니다.
지난 날 어린 나를 토닥거려 주며
그렇게, 저도 처음으로 글쓰기에 긍정적인 생각이 들더라구요.
감사해요! 정성스레 읽었습니다.
춥지만 따뜻한 하루 보내세요.
(작가님, 전 작가는 아니지만 언젠가는 저도 이렇게 위로가 되는 책을 내고 싶은
맘이 드네요)

이어서 선물로 보내주신 던킨 도너츠 쿠폰으로 빵을 사서
가족과 함께 조그마한 파티를 열었다.

이번 꼭지 글을 쓰면서 3년 만에 최지애 독자님께 연락을 드렸다.
독자님 덕분에 계속 글을 쓸 수 있었다는 감사의 말과 함께,
나에게 보내주셨던 카톡 내용을 책에 실어도 되는지 허락을 구했다.
답장은 새벽 1시 즈음에 받게 되었다.

백미정 작가님,

늦은 시간 카톡 보내는 점 먼저 죄송해요.

오후에 일하면서 카톡을 보고 반가운 마음이 들면서 다시 책 생각이 났어요.

정성스레 답장 드리고 싶어서 책을 한 번 더 보고 이 시간에 연락 남겨요.

제가 보냈던 카톡 내용은 얼마든지 첨부하셔도 돼요. 저야 영광이죠.

지금도 책 좋아하시고 기도하시면서 아이들과 잘 지내시는지

안부가 궁금해지네요.

개인적으로 저는 에세이를 좋아해요.

한 사람의 인생과 경험이 진심으로 묻어져 있는 글을 보면

용기도 나고 힐링도 돼요.

솔직하게 자신을 드러내는 에세이가 저는 참 좋습니다.

제가 좀 힘든 시간을 보내고 있을 때 작가님 책을 읽게 되었는데,

언니가 동생에게 해주는 이야기같이 편안했어요.

책 나오시면 알려 주세요. 저도 읽어볼게요.

그럼 작가님, 편안한 밤 보내시구요.

건강하세요.

아, 감동이란 이런 것.

책이 출간되면 선물로 보내드려야 겠다.

작가, 꽃처럼

내가 쓴 글을 봐야 하는 형벌을 피하려면
다음 문장을 계속 쓰는 수밖에 없다 했다.
'작가가 되다'와 '작가로 살다'는 다르다 했다.
사실이고 씁쓸했다.
은유 작가님은 "글쓰기를 가르칠 수 있느냐?"는 물음에는 나흘을 고민했지만
"네가 가진 것을 나눌 수 있느냐?"라고 물음을 바꾸니
자신감이 조금 생기더라, 하셨다.

'가르침'과 '나눔'의 차이는 무얼까.
가르침은, 물과 불처럼 성질이 분명하여 가르치는 자는 위에,
배우는 자는 아래에 두는 행위이다.
나눔은, 봄 하늘과 봄바람처럼 성질이 느슨하여
봄 구경 가는 세 팀의 커플을 조그마한 배에 싣고
아메리카노 한 잔씩 쪼옥 빨 듯 유유자적하는 행위이다.

가르침은 경계선이 있다.

나눔은 경계선이 없다.

작가는, 가르치는 자가 아닌 나누는 자이다.

'글을 썼다'와 '글을 쓰다'의 경계선이 빨리 허물어져

'작가가 되었다'보다 '작가로 살다'가 더 어울리는 사람일수록

자신에게 던지는 물음은 많아지고 세상을 향한 시선은 넓어진다.

쉬지 말고 글을 쓰라는 얘기가 아니다.

침묵하든 글을 읽든 커피를 마시든 여행을 하든

나는 작가로 살아가고 있는 중이고

이 또한 '글 쓸 준비를 하는 순환의 과정'으로 여길 줄 알아야 된다는 것이다.

꽃은 '피다'와 '지다'라는 단순한 경계선이 있다.

그러나 꽃의 경계선은 '가르침'과 달리 '작가의 삶'처럼 곧 없어진다.

꽃이 피는 것은 지기 위함이고, 꽃이 지는 것은 피기 위함임을

순환의 과정을 통해 자연스레 보여준다.

그리하여 존재들이 스스로 무엇인가를 알아갈 수 있도록 한다(무엇을 알아갈지는

각자의 상황과 마음상태에 따라 달라지리라).

매 순간, 어떠한 모습이든 자신의 본분을 겸허하게 받아들이며

무엇이 되었든 존재들과 나누려 하는 것이다.

'인생 한 방'이란 말은 필요치 않다.

작가는 인생을 순환하며 매 순간,

어떠한 모습이든 글쓰기를 위해 태어났음을 받아들이는 존재이다.

글쓰기로 무얼 가르치려 하지 말고

무얼 나눌 수 있는지 생각해야 하는 존재이다.

순환하는 꽃처럼 그렇게, 겸허하게.

글쓰기로 행복하기

교육의 최고한 목적, 삶의 최고한 목적으로
'행복'을 말하는 이들을 간혹 본다.
나는 생각이 살짝 다르다.
행복은 삶의 여러 가지 모양 중 일부분으로,
반드시 행복해야만 하는 당위성을 충족시킬 필요가 없기 때문이다.
하지만 '난 행복하지 않을 테야!'보다,
'난 행복할 테야!'가 적극적이고 능동적인 삶에
도움이 되는 생각임은 분명하다.
'글쓰기' 역시 '행복'처럼, 삶의 종류들 중 하나이다.
내 인생 최고의 정점을 찍기 위한 미래 때문에
현실을 간과하며 고군분투하기보다,
지금 이 순간이 글쓰기 적당한 행복 타이밍이면 좋겠다.
그렇다면, 어떻게 글쓰기로 행복할 수 있을까.

나 자신을 표현하다 둥글게 이어지다

"사람은 누구나 이야기를 좋아합니다. 이는 일종의 천성입니다.
이야기는 우리가 누구인지 확인시켜 줍니다.
모두들 삶의 의미를 확인하고 싶어 합니다.
이야기를 통해 교감할 때 가장 확실한 확인을 받을 수 있습니다.
타인을 간접 경험하고, 현실과 상상을 간접 체험하며
서로 닮았다는 걸 확인합니다."

영화 〈토이 스토리〉 작가인 앤드루 스탠턴의 말이다.
2012년 미국 하버드 대학교의 제이슨 미첼, 다이애나 타미르는
100명의 뇌를 관찰하는 연구를 했다고 한다.
이는, 사람들이 자신에 관한 이야기를 할 때 활성화되는 뇌 부위가
좋아하는 음식을 먹거나 돈이 생겼을 때 활성화되는 뇌 부위 영역과
일치한다는 결과를 알 수 있는 연구였다.

≪어떻게 말할 것인가≫ 책에서도 이야기하고 있다.

인기 있는 TED(Technology, Entertainment, Design. 미국의 비영리 재단에서 운영하는 강연회로 빌 게이츠, 앨 고어 등 유명 인사 외에도 노벨상 수상자들이 강사로 섰다)

강연자들이 청중과 쉽게 교감할 수 있는 방법으로,

자기가 누구인지 뚜렷하게 드러나는 주제를 선정한다는 것이다.

이미 나 자신을 자유롭게 표현할 수 있는 경지에 이른

즉 나 자신과 교감을 이루어낸 사람들이기에

청중과도 자연스레 교감할 수 있는 것이 아닐까.

나 자신과 교감할 수 있는 방법이나 도구는 사람마다 천차만별이겠으나

나에겐 '글쓰기'가 최고였다.

수다의 본질은 회전이라고 했던가.

글 쓰는 인생의 본질 역시 회전이 아닌가 싶다.

글을 쓴 만큼 '나'라는 존재가 풀어헤쳐져 글을 쓴 만큼
'인생의 회전'을 담담히 받아들일 수 있게 되니까.
지구는 둥그니까 자꾸 걸어 나가면 온세상 어린이들 다 만나고 오겠네,
라는 오래된 동요 가사에서 '어린이들'을 '이야기들'로 바꾸어 본다.
그리고 믿어본다.
자꾸 걸어 나가는 글쓰기 인생을 통해,
얼굴 한 번 보지 못한 우리는 각자의 이야기들로
둥글게 둥글게 이어질 수 있다고.
하여, 글쓰기로 나 자신을 표현한다는 것은
지구만큼이나 푸르고 위대한 일이다.

툭툭 튀어 나오는 '너의 의미'

타인의 슬픔이 지겨움이 될 때, 연민이 분노가 될 때,
나는 어떤 방법으로 사람다운 감정을 되찾을 수 있을까.
지금까지 찾아낸 최선책은 침묵과 글쓰기다.
세상 모든 억울함을 짊어진 것 마냥, 고장 난 MR 마냥,
허공에 말을 반복해 대는 상대방에게 '그만큼 안 힘든 사람이 있나'라는
메마른 소리를 하고 싶어질 때마다 최대한 꾹, 입술을 다물었다.
그리곤 글을 썼다.
하루는 욕설을 앞세워,
하루는 논리를 앞세워 감성과 이성으로 저글링했다.

"당신은 나의 슬픔을 상상하는 데 한계가 있는가?

심지어 어느 지점에 이르면 동정심이 거꾸로 적대감으로 바뀌는가?

그렇다면 정확히 동일한 상실을 경험함으로써 그 슬픔을 배워보라."

≪슬픔을 공부하는 슬픔≫ 책에서는 타인의 슬픔을 내가 희석시켜버렸거나
꼴 보기 싫어할 때, 같은 슬픔을 겪어보면 된다고 했다.
눈과 마음이 번쩍 뜨였다.
내 감정들에겐 편 들어 주기 일쑤면서 다른 대상의 감정들에겐
공증 받지 못한 엉터리 기준을 가차 없이 들이댔다.
또다시 나는, '나'에게 집중한 시간만큼
'너'에게 집중하는 시간도 필요했음을
지속적인 침묵과 글쓰기로 배워 나갔다.
이젠 '너의 의미'를 궁금해 할 차례이다.
전화통 붙들고 하소연할 때는 모르던 것들이,
내 감정에 침잠해 있을 때는 모르던 것들이,
입 다물고 글을 쓰니 왜 툭툭 튀어 나오는 것일까.
입 다물고 글을 쓰니 왜 이제야 타인이 툭툭 튀어 나오는 것일까.
부끄러운 깨달음으로 행복할 수 있다니, 이런 양가감정은 처음이다.

꿈, 행복하다

한때는 '긍정' 단어와 함께

현실을 직시하지 못하게 만드는 듯한 '꿈' 단어를 배척했다.

근거 없는 긍정과 밑도 끝도 없는 꿈은

인생에서 백 퍼센트 배척해야 하는 것 마냥 굴었다.

어느새 나는, 인생을 앞으로 치고 나갈

동력을 잃어버린 허무주의자가 되어 있었다.

미래를 아예 꿈꾸지 않으려고 하는 자세는

미래만 꿈꾸는 자세만큼이나 위험했다.

10년의 몸부림,

그리고 글쓰기 덕분에 다시금 생각하고 다시금 찾게 되었다. 나의 꿈을.

나의 꿈은 사람들과 웃으며 울며,

삶을 즐기면서 견뎌갈 수 있도록 도와드리는 강사와 작가가 되는 것이다.

청중들을 생각하며 강의안을 준비할 때면,

독자들을 생각하며 글을 쓸 때면, 어김없이 가슴이 벙벙 거린다.

갑작스런 현실의 변화라든가

풍성한 물질을 기대할 수 있어서 가지게 된 꿈이 아니다.

신이 나에게 부여해주신 삶의 목적이 무엇일까 계속 성찰했고,

이 과정을 도와주는 수단으로 글쓰기를 선택했다.

내면의 보물을 찾는 것 또는 내면의 보물을 지켜가는 것은

각자의 몫이겠지만, 나는 믿는다.

모든 사람들의 공통된 처음 정체성은 '하늘이 허락해 주신 귀한 인재'였음을.
그래서 예비 엄마작가들을 믿는다.
작가의 삶이 준비되어 있었기 때문에 이 책을 만나게 된 귀한 인재들이라고.
그래서 예비 엄마작가들에게 바란다.
한 번뿐인 자신의 인생을 배반하지 않는 옳은 글쟁이가 되어
타인과 함께 꿈을 찾고 꿈을 지켜가는 사람이 되어주기를.
그대 꿈 중의 하나인 '작가의 삶'을 이루는 것이
이 세상에 태어난 자신에 대한 도리이고,
우주의 최고한 자산이다.

당신이 작가가 되면 좋겠다.
글쓰기로 더 행복해지면 좋겠다.

마치는 글

아름다운 일입니다

'마치는 글'을 집필하는 데 좋을 것 같아 구입하게 되었습니다. ≪생의 마지막에서 간절히 원하는 것들≫ 책을요. '지금 내 삶'이 얼마나 귀한 것인지 알 수 있는 최상의 방법은 삶의 마지막이자 삶과 대조되는 '죽음'이라 생각했습니다. 책 내용 중, 리플레이 기능처럼 생각이 계속 회전하는 부분이 있었습니다.

모든 일에는 다 때가 있다.
세상에서 일어나는 일마다 알맞은 때가 있다.
태어날 때가 있고, 죽을 때가 있다.
심을 때가 있고, 뽑을 때가 있다.
죽일 때가 있고, 살릴 때가 있다.
허물 때가 있고, 세울 때가 있다.

성경 구절을 인용한 뒤 두 가지 일화를 짧게 소개해 놓았습니다.

유방암 말기로 임종이 임박한 환자가 병동에 입원하게 되었습니다. 임종까지 몇 시간도 채 남지 않은 상태였대요. 그런데 이 환자는 이틀을 더 버텼습니다. 고등학교 수험생 아들이 학교 시험을 마친 뒤였습니다. 어머니를 만나기 위해 황급히 병동을 뛰어온 아들을 보고 그제야 환자인 어머니는 편안히 숨을 거두었습니다.

또 다른 환자는, 가족이 밤 농사를 하는 뇌종양 환자였습니다. 혼수상태였는데 그렇게 한 달을 버티었다 합니다. 그리고 가족이 밤 수확을 끝낸 다음날, 임종을 하셨습니다.

'때가 있다는 것'은 '사랑이 있다는 것'이라 해석할 수 있는 이야기였어요. 아들의 얼굴을 보고 난 후 맞이하는 죽음의 때, 가족의 안위를 챙긴 후 맞이하는 죽음의 때. 숨 쉬기도 힘들고 의사소통도 되지 않는 호스피스 병동 환자들이 가족의 상황을 다 알고 죽음의 때를 스스로 조절할 수 있다는 것은 불가능한 일입니다.

그런데 아직은 자신이 살아 있어야 할 때라는 것과 이제는 자신이 떠나도 되는 때라는 것을 알고 있었던 두 환자의 이야기는 우리에게 어떤 의미를 주는 것일까요? 저는, 설명할 수 없는 '기적 같은 일'은 설명할 수 없는 '사랑의 영역'이기 때문에 가능하지 않았나 생각해 봅니다. 건강하게 살았던 과거의 삶에 사랑하는 사람들이 없었더라면 기다려 주어야 하는 죽음을, 가치 있는 죽음을 준비하지 못했을 것입니다. 한 번 더 보고 싶고 한 번 더 지켜주고 싶은 가족을 향한 사랑이 가장 정확한 죽음의 때를 정해 주었던 것이지요.

예비 엄마작가님들께 마지막으로 부탁드립니다.

가치 있는 죽음을 위해 사랑하는 내 사람들과 내 삶을 기록으로 남겨 두셨으면 합니다. 내 생의 전 구간이 타인에게 희망을 줄 순 없겠지만, 어느 한 구간만큼은 반드시 누군가의 생명의 불씨가 되어줄 수 있습니다. 그 특별한 구간이 어디인지 글 쓰는 우리는 알 수 없고 특별한 구간이라는 것이 독자가 누구인가, 독자가 처해 있는 상황이 어떠한가에 따라 달라질 수 있으므로 내 삶의 전반적인 이야기를 남겨두자는 겁니다.

삶을 살아가면서 죽음을 준비하는 것,
삶을 살아가면서 글을 쓴다는 것,
아름다운 일입니다.

평범한 내 삶의 이야기가
비범한 타인의 희망이 될 수 있도록,
엄마인 당신이 작가가 되면 좋겠습니다.